COLLECTION FOLIO

Boileau-Narcejac

Carte Vermeil

Denoël

Pierre Boileau et Thomas Narcejac sont nés à deux années d'intervalle, le premier à Paris, le second à Rochefort-sur-Mer. L'un et l'autre lauréats du prix du Roman d'aventures, c'est en 1950 qu'ils se rencontrent et décident d'écrire en commun des romans qui réservent une place prépondérante au mystère et aux effets de surprise, sans que la vérité des caractères s'y trouve, pour autant, sacrifiée. Collaboration efficace, à laquelle on doit une trentaine d'ouvrages, dont la plupart ont inspiré les cinéastes (Clouzot, Hitchcock, Decoin, Franju, Gobbi, etc.). Rappelons Les Diaboliques, Sueurs froides, Les Louves, Maléfices, Maldonne... *et, tout récemment,* La Tenaille, La Lèpre, L'Âge bête, Les Intouchables...

Boileau-Narcejac ont, en outre, écrit des scénarios, des sketches pour la radio et la télévision, ainsi que de très nombreuses nouvelles et quelques romans pour la jeunesse. Ils sont traduits un peu partout et se réjouissent d'être lus en afrikaans et en serbo-croate.

Il va sans dire que les personnages et événements présentés dans ce roman sont purement imaginaires.

B.-N.

Il y a 412 pas jusqu'à la grille. Il y a 4 222 pas jusqu'au banc, au fond du parc. Mon banc ! Personne ne m'y rejoint jamais. Si je vais jusqu'à l'arrêt de l'autobus, il me faut six minutes, en prenant le côté de l'ombre. Et vingt-deux minutes jusqu'à la gare, où parfois j'achète des journaux que je ne lis pas. Ou bien, muni d'un billet de quai, je m'assois dans la salle d'attente. Je parcours *le Figaro, l'Aurore, Nice-Matin.* Je me donne l'illusion d'attendre un train qui n'en finit pas d'arriver. Les rapides se succèdent. Ils viennent de Paris, de Strasbourg, de Bruxelles. Lourds trains de nuit, silencieux, clos, rideaux baissés. Le dernier que j'ai pris... c'était, je crois bien, pour Lisbonne... mais je ne suis pas très sûr.

Les souvenirs, si l'on ne prend pas soin d'eux, s'entrelacent et se confondent comme des plantes folles. Et moi, j'aime assez mon jardin anglais de souvenirs sauvages. C'est même le seul endroit où je me plaise. J'y passe quelquefois de longs moments, surtout après déjeuner. Il faut apprendre à s'organiser, quand on sait, en se levant, que l'on a, devant soi, quinze ou seize heures contre lesquelles s'user, seconde après seconde. Tout l'art du vieux monsieur consiste à faire durer. On y parvient, mais pas du premier coup. La lenteur que j'ai considérée pendant soixante-dix ans comme une tare, je la cultive, maintenant. Attendre au lit le café au lait du matin, faire une première causette avec Françoise pendant qu'elle dispose le plateau... mais attention ! Il convient de dire toujours la même chose. Le temps, pour glisser, a besoin de trouver toujours les mêmes pentes !... Et puis, la deuxième causette, avec Clémence. Elle bavarde en préparant l'aiguille, l'ampoule... Par elle, je suis au courant de tout ce qui se passe dans la maison.

Il est déjà neuf heures. La toilette. Doucement. Avec un peu d'adresse, on peut encore gagner une heure. Ensuite, il y a un petit désert à traverser jusqu'à midi. Promenade dans le parc. Bonjour à Frédéric, le jardinier.

— Ça va-t'y, m'sieur Herboise ?

— Comme-ci comme-ça. La sciatique, vous savez ce que c'est.

— Oh la la ! M'en parlez pas. Moi qui suis baissé toute la journée !

Je rencontre Blèche, en survêtement bleu, qui sautille en respirant bruyamment. Soixante-quatorze ans. Rougit de plaisir quand on lui dit qu'il ne les fait pas. Sa seule raison d'être, c'est de paraître le plus jeune de nous tous. Vieil imbécile. Passons ! Au bout de l'allée des œillets, j'aperçois, devant son chevalet, Lamireau, qui s'acharne sur le même tableau.

— C'est ce rose, dit-il, que je n'arrive pas à attraper.

Du bout du pinceau, patiemment, il cherche, sur sa palette, la teinte adéquate. Je l'envie, de poursuivre ce rose qui se dérobe ; la matinée lui sera légère.

Sous les arbres, l'air est tiède et parfumé. Si j'avais vingt ans, j'aimerais me coucher sur la pelouse, ne penser à rien. Il faut avoir beaucoup d'avenir devant soi pour ne penser à rien. Mais quand il n'y a plus d'avenir !...

Il est onze heures. Le concierge distribue le courrier. Je n'attends rien. Et d'ailleurs personne n'attend rien, vraiment. Bien sûr, les enfants écrivent. Ils ont leur vie à eux, et qui peut raconter sa vie ? Ce sont des renseignements qu'ils communiquent. Je le sais. Quand j'écrivais à mes parents, je me contentais de les informer... J'avais rencontré un tel... J'avais porté mon manuscrit à la N.R.F... J'avais trouvé une nouvelle chambre, plus agréable... brefs bulletins derrière lesquels s'abritait un jeune homme qui ne se confiait qu'à lui-même. Il en est toujours ainsi. Je surprends des bribes de conversations : « Pauline attend son bébé pour l'hiver... Jacques a l'intention de passer un mois à Londres... » Cela leur suffit. Tant mieux. Moi, j'aime mieux que personne ne m'écrive.

Encore un tour de parc, pour forcer à s'assouplir cette jambe torturée depuis des semaines par la sciatique. Dès que je me sens seul — ce qui est rare dans cette maison où tout le monde observe tout le monde — je me laisse aller à boitiller, je pactise un instant avec le mal, je laisse tomber le masque de l'homme qui sait dominer sa douleur. Et si cela me soulage de faire des grimaces à chaque pas ? S'il me plaît de n'être plus qu'un vieux bonhomme, du moins jusqu'au bout de l'allée ? Après, j'essaierai de me servir de ma canne avec négligence pour qu'ils disent entre eux : « Il a tout de même de l'allure, Herboise ! Il est vrai que s'il souffrait pour de bon, il ferait une autre tête ! » Ici comme ailleurs, mais peut-être plus qu'ailleurs, malheur aux vaincus !

Encore un quart d'heure pour atteindre midi. Retour en flânant. Tout compte ! La guêpe qu'on suit des yeux, l'arc-en-ciel qui flotte sur la poussière d'eau du tourniquet... Chaque détail qui capte l'attention est secourable. Un quart d'heure, qu'est-ce que c'est, pourtant ! Ou plutôt, autrefois, qu'est-ce que c'était ? Le temps d'une cigarette. Mais je ne fume plus. La seule joie promise au bout de ce dernier quart d'heure, c'est le déjeuner.

Puisque j'ai entrepris, dans ces notes, de me regarder tel que je suis, je dois avouer que j'attache maintenant la plus grande importance à la nourriture. Des repas d'affaires, copieux et raffinés, j'en ai fait sans doute des milliers. Mais distraitement, sans véritable gourmandise, parce que j'étais toujours pressé d'en arriver au café et aux cigares pour discuter les clauses des contrats en suspens. Aujourd'hui, je dois éviter les féculents, les graisses et je ne sais plus quoi... la liste des aliments interdits est dans mon portefeuille, à côté de la fiche indiquant mon groupe sanguin, mais j'accueille avec une avidité dont j'ai honte les petits plats encore permis. Quelle déchéance, quand on y pense, cette perpétuelle occupation de soi ! cette oreille intérieure toujours tendue vers la récrimination !

A midi, donc, les pensionnaires se dirigent par petits groupes vers la salle à manger. Elle est longue et claire comme celle d'un paquebot. Petites tables, fleurs, musique douce. Les dames toujours élégantes et vaguement effrayantes avec leurs visages blancs de clowns tristes. Les hommes acceptant leurs rides, leur calvitie, leur embonpoint, et tous empressés, joyeux, se hâtant de consulter le menu. Un poème, ce menu. Imprimé sur une sorte de vélin. *Les Hibiscus* (nulle part n'apparaît le nom de maison de retraite. On sait que *Les Hibiscus* sont un palace pour vieillards riches. Nul besoin d'en dire plus !). Suit la liste des douceurs proposées aux clients. Le chef connaît leurs goûts. Les confidences commencent à courir : « La timbale est exquise, vous verrez... Je me rappelle, un jour, à bord du *Normandie...* » Tout leur est bon pour évoquer leur jeunesse. Je prends place, avec Jonquière à ma gauche et Vilbert en face de moi. Notre table est celle des « orphelins ». C'est ainsi qu'on l'appelle — je l'ai appris par Clémence, naturellement — parce que nous ne recevons jamais aucune visite. Jonquière, pour toute famille, n'a plus qu'un frère, qui vit du côté de Lille. Et Vilbert a un fils adoptif avec lequel il est fâché, ce qui ne m'étonne pas car il est revêche au possible. C'est le hasard qui nous a réunis mais il ne nous a guère rapprochés. Nous nous supportons, ce qui n'est déjà pas mal.

Le déjeuner dure longtemps. Jonquière a de mauvaises dents et Vilbert souffre d'un ulcère au duodénum. Il en parle si souvent que cet ulcère est comme un quatrième convive, à ma droite. Jonquière boit tantôt du bordeaux, tantôt du bourgogne. Il ne manque jamais d'en détailler les qualités, avec le vocabulaire d'un vrai taste-vin et il en offre toujours à Vilbert qui proteste avec aigreur.

— Excusez-moi, dit Jonquière. C'est vrai que vous ne pouvez vous permettre... Dommage !

La scène se renouvelle presque à chaque repas. Ils sont à tuer. Je reparlerai d'eux plus loin, car ils ne sont pas étrangers à la décision que je vais peut-être prendre. Pour le moment, je veux seulement me mettre sous les yeux, sans pitié — pourquoi de la pitié ? — ce qu'on pourrait appeler le contenu d'une journée, précisément parce qu'une journée ne contient rien, n'est plus rien qu'un vide absolu, une espèce d'étendue stérile et morte où mes pas d'aujourd'hui prolongent ceux d'hier, ceux d'avant-hier, à l'infini...

Vient enfin, précédant le moment du café, celui des remèdes. Devant Vilbert, il y a des boîtes, des flacons, des tubes, disposés comme les pièces d'un jeu de dominos. Il pioche là-dedans d'un air dégoûté.

— Vous vous y reconnaissez ? demande Jonquière.

Mais Vilbert ne répond pas. Il a retiré de son oreille le bouton de son appareil acoustique. Quand il en a assez de nous, il se retranche dans sa surdité. Il n'y est plus pour personne. Il mélange ses poudres, écrase ou partage ses comprimés, vide son verre avec répugnance, essuie longuement ses moustaches, découvrant au coin de sa bouche des dents qui ressemblent à des os. Puis, la main frôleuse, il réunit à petits coups les miettes qui entourent son assiette et les happe. Arrive le café. Jonquière se lève.

— Pas de café pour moi... à cause de ma tension.

Impossible d'ignorer qu'il a 22 de tension ; il en informe tout le monde. Il porte sa tension avec plus d'ostentation que sa Légion d'honneur. Je sirote mon café à la cuillère, pour prolonger le plaisir. Je ne déteste pas la petite somnolence qui m'enveloppe comme une buée de bien-être. Vilbert a bourré sa pipe. Il fume, les yeux vagues. Lui aussi, sans doute, se demande ce qu'il va faire de son après-midi. Au mois de juin, un après-midi est interminable. Les gens croient que le temps est homogène, comme si une heure était identique à une autre heure. Quelle illusion ! De 2 à 4, le temps est comme figé. Pas pour tout le monde, car, au salon, les dames jacassent sans jamais se lasser. Mais pour moi, c'est un supplice.

Je me réfugie dans ma chambre, je m'étends sur mon lit dans l'espoir que le sommeil viendra peut-être m'aider à franchir ce no man's land qui s'étend entre le déjeuner et le dîner. Mais le sommeil ne vient jamais. Aux *Hibiscus,* on rencontre toutes sortes d'infirmités plus ou moins graves, comme il est normal chez des vieillards. Moi, je suis insomniaque. A soixante-quinze ans, l'impossibilité de dormir plus de trois ou quatre heures est une épreuve à la longue insupportable. Mais plus encore au moment de la digestion, car on sent pour ainsi dire le sommeil à portée de la main. Il est là. On en éprouve la première atteinte. Et puis c'est comme une volupté qui se refuse. C'est réellement une espèce de frigidité qui traîne après elle amertume et rancune. Elle empoisonne le présent. Reste le passé.

Il n'y a qu'à se laisser couler comme un pêcheur d'éponges. Les souvenirs sont là, en buissons, en colonies, les uns hérissés comme des oursins, les autres épanouis comme de tendres fleurs. Surtout ne pas choisir. Se laisser porter de l'un vers l'autre. Quelquefois, c'est l'enfance qui s'offre. Je revois les visages usés de mes grand-mères. Je joue avec des camarades morts depuis longtemps. Mais bientôt c'est Arlette qui revient me tourmenter, je devrais dire le fantôme d'Arlette, puisque j'ignore ce qu'elle est devenue. Quinze ans qu'elle est partie ! J'avais soixante ans et elle quarante-huit. Ces chiffres, je les ressasse presque jour et nuit. Malgré la climatisation, j'étouffe. Je me lève.

Il n'est pas encore trois heures. Vilbert a regagné son studio. J'entends son trottinement de rat. Certes, les murs sont épais, mais, comme tous les malades atteints d'insomnie, j'ai l'oreille d'une extrême finesse. Son fauteuil craque. Il doit lire. Il reçoit toutes sortes de revues scientifiques. Quelquefois, il les apporte à table. Il les annote au crayon rouge. L'horrible bonhomme ! Comment s'y est-il pris pour obtenir le plus agréable studio de la maison, côté jardin, face à l'est ? Moi qui aurais tellement désiré m'installer dans ce petit appartement ! Une chambre, un bureau, un cabinet de toilette. Le rêve. Moi aussi, je dispose de trois pièces, mais j'ai le soleil tout l'après-midi et j'entends tous les bruits de la rue. J'ai déposé une demande. On ne sait jamais. Il peut mourir. Dans ce cas, la directrice m'accorderait immédiatement satisfaction. Mais avec son ulcère, il est solide, le vieux bougre.

Trois heures un quart. Le temps a marqué une petite secousse. Je vais essayer la technique des cent pas. De la table de nuit à la bibliothèque, il y a 17 pas. C'est suffisant pour donner à la rêverie de l'air et du champ. Rêver debout, ce n'est pas du tout la même chose que rêver couché. Il se fait un mélange images-pensées qui laisse filtrer les hantises. Je vois clairement que j'ai raison de refuser cette existence absurde. La seule solution, c'est bien d'en finir, proprement, nettement, et même élégamment, à la manière de Montherlant.

Je vais d'un mur à l'autre. Disparaître ! Cela veut dire quoi ? Que j'anticipe de quelques années tout au plus. Se suicider, à mon âge, c'est simplement prendre les devants. Les autres parleront de courage, de dignité ou d'orgueil. Foutaises ! La vérité, c'est que je meurs d'ennui. Je suis rongé, dévoré jusqu'au cœur comme une vieille poutre bouffée par les termites. Je ne sais pas encore quand je me déciderai, mais déjà le poison est prêt. Et c'est parce que je l'ai sous la main que j'ai encore la force d'ajouter un jour à un jour. Pour la première fois, j'ai l'impression d'être libre. Ce sera quand je voudrai.

Quatre heures. Le plus dur est derrière. C'est

comme un ciel noir qui s'éloigne. Peut-être suis-je un instable, comme le prétendait mon médecin, autrefois. Je suis très capable de désirer tout à la fois mourir et chasser Vilbert de chez lui. Je me plais dans les contradictions comme un poisson dans le ressac. Privilège de l'âge : s'accepter tel qu'on est. Si maintenant j'ai envie d'une tasse de thé avec des scones, pourquoi me priverais-je d'une petite joie qui jure avec mon dégoût de la vie ?

Voilà donc quelque chose à faire : descendre au bar, échanger quelques propos anodins avec Jeanne, la prier de ne pas oublier le citron, flairer les friandises : madeleines, petits fours, gaufres... tout cela crée comme un minuscule remous d'avenir, comme un mouvement d'appétit vers ce qui va suivre : la lente, l'attentive dégustation d'une tasse de thé, auprès de la fenêtre ouverte sur les verdures, les cyprès et le ciel bleu. C'est ma place habituelle. Chacun, ici, a sa place et grognerait comme un ours s'il la trouvait occupée.

En un clin d'œil, il est cinq heures. Il y a en moi quelque chose d'un cadran solaire : j'ai conscience des ombres qui s'allongent, des subtiles variations de la lumière qui se pose, comme un fard plus appuyé, sur les hibiscus et les roses, à mesure que la journée s'avance. Et la paix s'annonce de très loin, la paix avec moi-même, qui me rendra le soir plus fraternel. J'aime alors parler avec celui qu'on appelle : « Le père Dominique. » Il a quatre-vingt-quatre ans, une barbe de père Noël, et, derrière des lunettes en fil de fer, un regard tâtonnant d'anachorète distrait. Il a parcouru le monde, quand il était journaliste. Il a tout vu, tout lu. Il se prétend le disciple de Gandhi. Ce qui est sûr, c'est qu'il respire la sérénité. Je lui pose des questions sur la vie future, le Karma. Il est parfaitement renseigné sur l'Au-delà, non seulement comme un initié, mais aussi comme un envoyé spécial. Il décrit les différents états de l'Être avec une respectueuse familiarité, explique les significations multiples de la syllabe sacrée : *Aum,* tout en caressant au passage les têtes candides des reines-marguerites. Il est aussi fou qu'un sage peut l'être. Tout le monde l'adore. Il rassure. Il ne croit ni au Démon ni à l'Enfer. Parfois, il accepte de faire une causerie pour les dames soucieuses de leur vie intérieure. Comme disait l'une d'elles : « Ça ne peut pas faire de mal et ça fait passer le temps ! »

Mais je reviendrai sur ces problèmes de loisirs dirigés. Pour l'instant, je m'efforce de saisir les nuances diverses de ma durée afin de mieux comprendre jusqu'à quel point ce quatrième âge dont personne n'ose vraiment parler est une chose hideuse. On dit : troisième âge, par pudeur. L'expression garde encore de l'entrain, de l'élan ; elle nie la vieillesse et semble faire allusion à une époque de paisibles délices. On ment. Tout le monde ment. Je le montrerai. Mais voici l'heure du dîner.

Les conventions sociales ont la vie dure : on fait toilette. Cela ne va pas, bien sûr, jusqu'au smoking et à la robe du soir. Cependant, les bijoux apparaissent. Des bagues de prix étincellent aux doigts déformés par l'arthrose. Il y a quelques décolletés ouverts sur des poitrines osseuses. Les hommes portent cravate. On échange des sourires cérémonieux. Jonquière, plus vieux beau que nature, s'est parfumé. Moi-même, j'ai changé de costume. Où est le temps des fêtes nocturnes, Arlette à mon bras, souveraine ?

— Turbot à la royale, dit Jonquière. Le meilleur que j'ai mangé, c'était...

Vilbert arrive. Lui du moins se moque des convenances. Il porte toujours le même complet désuet dont il vide les poches : *Sureptil, Diamicron, Pindioryl, Spagulax, Bismuth, Primperan.* Il se tâte encore.

— Où ai-je fourré ma *Dactilase ?*

Il se visse à l'oreille le bouton blanc de son appareil.

— Est-ce que je ne l'aurais pas oubliée à midi ?

Regard soupçonneux vers Jonquière. Un homme qui boit à chaque repas sa demi-bouteille de saint-émilion est capable de tout. Jonquière nous raconte son après-midi. Il a perdu deux cents francs au casino. Il avait une voisine qui ne paraissait pas farouche... Vilbert hausse les épaules et se débranche.

— Vieux puritain ! dit Jonquière.

— Moins fort. Il va vous entendre.

— Pensez-vous. Et puis je m'en fiche.

Jonquière est exactement ce qu'on appelait, jadis, dans les feuilletons, « un vieillard libidineux ». Il aime les histoires grivoises, va voir les films pornos et se donne beaucoup de mal pour faire croire qu'il possède encore, malgré les années, une virilité intacte. Vilbert exècre ces vantardises. Il lui arrive de les écouter jusqu'au bout et de temps en temps il dit : « Pas vrai ! Pas vrai ! », ce qui met Jonquière en fureur. Et dire que Vilbert est sorti de Polytechnique, et qu'il a été un ingénieur remarquable. Ses brevets l'ont enrichi. Il y a, sur les bateaux, un treuil qui porte son nom. Il est décoré de la Légion d'honneur, du Mérite, des Arts et Lettres. Et, pour le moment, il lime le bout d'une ampoule avec un soin maniaque.

Il est vrai que Jonquière, de son côté, a été un monsieur puissant. Sorti de Centrale, il a créé les Minoteries de l'Ouest, une très grosse affaire bien cotée en Bourse. Je le sais par Clémence, naturellement. Il a beaucoup plus d'argent que Vilbert qu'il considère comme un simple cadre, tandis que Vilbert, du haut de ses diplômes, le regarde comme une sorte de contremaître qui a eu de la chance Quelquefois, une violente prise de bec les oppose Pendant que Vilbert tousse dans son assiette pour reprendre haleine, Jonquière se tourne vers moi

— Voyons, Herboise, est-ce que je n'ai pas raison ?

Alors, comme un valet de comédie, je m'emploie à prouver que si l'un n'a pas tort, l'autre n'est peut-être pas tout à fait dans l'erreur. Heureusement, le dessert ramène la paix.

Il est temps de gagner les salles de télévision. Il y a une vaste salle pour la deuxième chaîne et une plus petite pour la première. Les dames préfèrent la deuxième chaîne à cause de la couleur. Certaines d'entre elles bousculent leur dîner pour pouvoir s'emparer des meilleurs fauteuils, ceux qui sont bien en face de l'écran, ni trop loin ni trop près. Elles commentent à voix haute les nouvelles, s'indignent, s'apitoient, ricanent quand paraît un porte-parole de la gauche. Vilbert est friand de feuilletons américains, Mannix, Kojak. Mais comme il entend mal parce qu'il arrive en retard et ne trouve à se caser qu'au fond de la pièce, il ne tarde pas à s'endormir. Bientôt, il ronfle, faisant naître autour de lui une zone de sourde agitation et de protestations scandalisées.

Moi, j'ai une prédilection pour la première chaîne, une très petite prédilection car tous ces spectacles me laissent indifférent. L'important n'est pas de suivre une histoire mais de regarder l'écran jusqu'à la fascination, l'hypnose. Et le blanc et noir, à ce point de vue, est beaucoup plus efficace que la couleur. Souvent, je reste le dernier. J'ai encore devant moi quelques mauvaises heures à passer. Le concierge de nuit fait sa ronde, éteint les postes. Nous échangeons quelques propos. Ce que Clémence n'a pas eu le temps de me dire, c'est lui, Bertrand, qui me l'apprend. « Il paraît que la vieille Kaminsky, vous savez, celle qui ressemble à la fée Carabosse, eh bien, elle aurait une crise d'appendicite. Le médecin lui a rendu visite. »

Et il conclut :

— Pas étonnant. Elle bouffe comme un chancre !

Il est presque minuit. Je reste quelques minutes sur le perron. Toutes ces étoiles, à donner le vertige ! D'après le père Dominique, notre guru, elles sont le regard innombrable de Dieu. Moi, je veux bien. Si seulement je pouvais dormir !

Je monte. La couverture est faite. La tisane d'anis est encore chaude, dans son petit pot. J'en bois une tasse. Une très vieille habitude. Un jour un ami m'a affirmé que la tisane d'anis valait tous les somnifères. C'est faux, évidemment. Mais cela fait partie d'un rituel que je respecte scrupuleusement, parce que, pour apprivoiser le sommeil, il est bon de recourir à des procédés magiques. La tisane en est un.

Une courte promenade, d'un mur à l'autre, fait également partie de la cérémonie. Je ne me livre pas à un examen de conscience. Mais je récapitule ma journée. Vaine. Inutile. Comme toutes les précédentes. Et comme les autres soirs, j'essaye de comprendre ce que c'est que l'ennui. Il me semble que si je pouvais en saisir la nature, ma vie changerait de sens. Car c'est l'ennui, je l'ai déjà dit qui me détruit. Il est fait de fuite, de dérobade comme si l'on jouait à cache-cache avec soi-même Mais, pendant qu'on s'évertue, il y a, pour ainsi dire par en dessous, comme un grignotement continu de minutes, comme une lente hémorragie de temps. On vieillit imperceptiblement, sur place sans changer. Le temps vit et moi je ne vis plus avec lui. Je suis écartelé au plus profond de moi-même Agir, c'est coller à sa durée. Vieillir, c'est lui lâcher la main. D'où l'ennui. Je me sens vieux, je suis vieux. Et toutes les ratiocinations n'y peuvent rien. Au lit, vieille bête !

Commence l'interminable traversée de la nuit

J'entends tout à travers les cloisons : le glissement de l'ascenseur. Il s'arrête au troisième. C'est probablement Maxime, le chauffeur de la camionnette, qui revient de quelque rendez-vous galant. Philippi, au-dessus de moi, tousse et crache. Il sonne Clémence. Pauvre Clémence. Elle dort tout près de l'infirmerie, au fond du couloir. Mais la sonnette qui la relie aux chambres la réveille souvent. J'entends son timbre grêle. Clémence se plaint parfois. « Ils sont impossibles, me confie-t-elle. Si je vous disais que Mme Blum m'a fait lever, avant-hier, à deux heures du matin pour que je lui prenne sa tension ! Être infirmière ici, c'est un métier d'esclave ! »

Et puis les bruits proches s'éteignent. Restent les bruits plus ténus de la ville voisine, l'appel au loin de la voiture des prompts secours ou bien, vers le matin, le grondement assourdi d'un Boeing abordant la piste. Je perds conscience.

Et soudain la sonnerie d'un réveil. Il est six heures. C'est Jonquière, à ma droite, qui, sans le moindre égard pour ses voisins, se lève. Il a un remède à prendre pour le foie. Où a-t-il acheté ce réveil diabolique qui lance son avertissement à plusieurs reprises, avec une trépidation rageuse. Je me promets d'engueuler Jonquière. Je l'ai déjà fait. Il s'excuse et tout recommence. Je ne dormirai plus. Je suis éreinté. La journée qui s'annonce ne m'apportera ni joie ni peine. Une journée pour rien. Alors ? Pourquoi continuer ?

Suis-je un égoïste ? Je me suis souvent posé la question. Eh bien non ! Je donne de l'argent à plusieurs œuvres. D'ailleurs, tout le monde, ici, donne de l'argent et de grand cœur. Mais « donne » n'est pas le mot. Il faut dire : « Envoie » Car on évite soigneusement tout contact avec la misère, qu'elle soit celle des bêtes ou des gens. Non pas par lâcheté. Simplement parce que l'intérêt porté aux autres entraîne une sorte de déperdition de chaleur et nous sommes tellement frileux ! On n'y peut rien ! C'est l'âge ! Ce n'est vraiment pas ma faute si je ne rayonne plus !

Seulement je ne suis pas dupe. Je ne joue pas la comédie de l'insouciance, de la gaieté. Je sais très bien pourquoi ils font semblant, tous, de prendre comme ils disent, la vie du bon côté. La chorale, les cours à l'université, les tournois de bridge, toutes ces distractions ne sont que des tranquillisants. La vérité, la sordide vérité qu'ils ne veulent regarder à aucun prix, mais qui les ronge, c'est qu'au fond d'eux-mêmes ils attendent. Eh oui, nous attendons ! La fin est là ! Aux heures de solitude, nous l'entendons approcher. Alors vite ! Il faut causer, avec n'importe qui, de n'importe quoi. Vite, les petits goûters, les tables de jeu, le bruit, tout ce qui étourdit et rassure. Car c'est la peur qui est l'égoïsme des vieux. Combien de fois me suis-je surpris à penser : « J'achète ma dernière paire de chaussures ! », ou encore : « Mon pardessus durera bien aussi longtemps que moi ! » De telles réflexions ne me font ni chaud ni froid parce que je ne redoute pas la mort. Mais eux, elle les terrorise. Ils aiment mieux se boucher les oreilles et apprendre le russe visiter des expositions, écouter des confidences ou se bourrer de gâteaux.

A huit heures, Clémence vient me faire ma piqûre.

— Tournez-vous ! Mieux que ça !

Elle rudoie gentiment ses patients. Elle est grosse, rougeaude, brusque ; elle parle un peu paysan. Elle n'a pas d'âge. Elle est beaucoup plus qu'une infirmière. Elle est le journal parlé.

— Mme Kaminski, ce n'est pas l'appendicite. On dit ça pour ne pas l'effrayer. Mais c'est beaucoup plus grave.

Elle baisse la voix.

— Vous me comprenez ?

Surtout, ne pas nommer la chose, la bête qui, malgré les soins, les examens de toutes sortes, demeure la menace affreuse et jamais débusquée.

— Sa famille est prévenue, reprend-elle. On l'a emmenée à la clinique. Mais elle est inopérable.

Je ne peux m'empêcher de demander :

— Quel âge a-t-elle ?

Cette question, nul ne peut la retenir lorsqu'une personne, même inconnue, est en danger de mort. On médite la réponse. On fait des calculs, des comparaisons.

— Elle va sur ses quatre-vingt-seize, dit Clémence. A cet âge-là, vous avouerez qu'il est temps de partir. Son appartement a déjà été promis.

— Décidément, vous savez tout.

— Oh ! non, quand même !

Petit rire de jeune fille enjouée qui me surprend, de cette femme taillée en force.

— J'ai vu une lettre chez la directrice, précise-t-elle. Mlle de Saint-Mémin m'avait confié son bureau une minute.

— Ainsi vous lisez le courrier. C'est du propre !

— Oh ! Monsieur Herboise. Qu'allez-vous penser. J'ai juste jeté un coup d'œil. Il s'agit d'un ménage. Encore du travail pour moi, pardi. Les couples, y a rien de pire !

Elle s'en va et la boucle est bouclée. Un jour de plus, ou plutôt un jour de moins. Qu'est-ce qui pourrait nous atteindre, hors la maladie ? Les grands événements du monde se déroulent loin de nous. Il y a d'affreuses tragédies, des catastrophes, des crimes, dont nous ne recueillons que l'écho. Et même si la guerre éclatait nous n'aurions à redouter que les privations. Ce qui nous est interdit, désormais, c'est de vibrer à l'unisson, de partager les effrois des autres. Nous avons perdu le droit à l'émotion. Tout nous est occasion de commentaire et de bavardage. Nous sommes les parleurs de drames qui ne nous concernent plus. Ai-je tort quand je dis que j'en ai assez ?

Reste à trouver l'ultime courage !

Je viens de me relire. C'est gauche et confus. J'ai perdu l'habitude d'écrire. Mais j'ai eu raison d'exprimer, vaille que vaille, ce qui voudrait être une révolte. Si j'avais à définir le gâtisme, je dirais qu'il consiste à être dupe et à croire à ce roman de la vieillesse que nous servent les media. C'est une consolation d'y voir clair. Et puis il y a autre chose que je dois noter. Ce rendez-vous que je me donne à moi-même, devant ma feuille de papier, me permet d'attendre sans trop de crainte ces heures redoutables de l'après-dîner. Au lieu de remâcher sénilement mes griefs et mes regrets, je m'assois sous la lampe, comme autrefois, et je commence la chasse aux mots. Je ne sais plus très bien tirer, mais enfin je me contenterai pour le moment du petit gibier. Où sont mes vingt ans, mes espoirs démesurés? Deux romans publiés avec succès. Ils sont là, dans un coin de ma bibliothèque, comme des témoins à charge. Je les relis parfois. Et je me dis naïvement : « J'avais du talent, en ce temps-là. Comment ai-je pu renoncer, pour faire un métier intéressant, bien sûr, et qui m'a enrichi, mais qui, en revanche, m'a stérilisé? » Quand je serai en retraite, pensais-je, j'aurai le temps. D'ici là, je m'appliquerai à acquérir l'expérience qui me manque, celle des affaires; peut-être aussi celle des femmes, sans laquelle il n'y a pas d'œuvre sérieuse, solide.

Je croyais qu'avec l'âge on mûrit. Je sais maintenant que l'imagination se sclérose comme les artères. Même ces remarques que j'aligne pêle-mêle, elles ne se pressent pas d'elles-mêmes sous ma plume. Elles suintent et se figent comme des stalactites. Je parlais, tout à l'heure, de chasse Pauvre vieux bonhomme qui s'en faisait accroire. Du moins, mes sécrétions laborieuses ont-elles le mérite de fixer le temps. Pendant que je dorlote mon ennui, je ne regarde plus l'heure et il est soudain minuit. Et pendant que je me déshabille, un sourd travail se poursuit dans ma tête, une lente chimie d'images, de phrases. Tout cela n'aboutira jamais à rien. Il est trop tard. Mais j'ai conscience, avant de sombrer dans un sommeil pacifié, d'être un peu moins inutile. C'est pourquoi je prends ici l'engagement de continuer ma chronique, sans rien omettre, pour le seul plaisir de lâcher ma plume, comme on lâche un chien fou. Qu'est-ce que ça peut faire ? Je suis seul à me lire et si ma vérité est insoutenable, elle ne torture que moi. Et puis, le seul moyen pour exorciser le vide des jours, c'est peut-être de le décrire jusqu'à l'écœurement. Il ne coûte rien d'essayer.

Françoise m'a appris la nouvelle, au moment du petit déjeuner.

— La mère Kaminski est morte, m'a-t-elle dit assez férocement.

Morte sur la table d'opération ! C'est la manière la plus décente de mourir. Tout se passe loin de la maison. Pas d'allées et venues qui pourraient déranger. C'est une mort qui s'est produite ailleurs, dans cette région aussi vague que les limbes où l'on conserve les défunts jusqu'au moment de les glisser dans un fourgon de luxe et de les enfermer dans une tombe escamotée sous les gerbes et les couronnes. Certains préfèrent être incinérés, mais c'est plutôt mal vu, sans doute à cause de l'image de cette flamme dévorante qui fait penser à l'enfer. Il vaut mieux attendre paisiblement, mains croisées, la résurrection.

Ce qui m'amène à parler de la religion ; non pas

de la religion en général, mais de la religion des *Hibiscus*. Ici, croyants, incroyants, tout le monde va à la messe ; d'abord parce que c'est « bien élevé » et ensuite parce qu'il s'agit d'une espèce de messe de club. On y reste entre soi. Notre chapelle est privée. Le service est assuré par un vieux prêtre, très chenu, très doux, très rassurant. Très indulgent, surtout. Il sait bien que le péché prend aussi sa retraite, et que ses ouailles ne s'accusent plus que de fautes imaginaires. Il est accueil et pardon, avec, cependant, un rien d'intégrisme, mais qui ne déplaît pas, bien au contraire.

Le général Mourgue lui sert d'enfant de chœur. Malgré sa jambe raide, il évolue adroitement sur les marches de l'autel, et il a une manière inimitable d'agiter la sonnette. Son élévation devient une musique, quelque chose comme une sollicitation soupirée qui conduit avec suavité au recueillement. J'ai souvent remarqué que ce sont les vieux officiers qui savent le mieux servir la messe. Non, je ne raille point. Je n'ignore pas qu'un homme hanté comme moi par la tentation du suicide devrait s'abstenir de parler des choses de la religion. Mais comment dire ? Je ne suis pas désespéré. Je n'aime pas beaucoup les athées qui me semblent toujours avoir tranché trop vite. Je n'aime pas non plus ces chrétiens qui parlent du Christ comme s'il était leur frangin. Je suis dans l'expectative. Dieu ? Peut-être. Mais qu'il existe ou non, qu'il s'intéresse à moi ou non, le problème est ailleurs : il est que je ne me supporte plus. Je constate le fait sans colère, sans haine. Ce n'est pas ma faute si je vis en marge de moi et, par suite, en marge de tout. Si je disparais discrètement, sur la pointe des pieds, où sera le blasphème ?

— Faut pas être pessimiste comme ça, me dit Clémence quand je lui laisse voir que la vie me pèse.

Mais je ne suis pas pessimiste. Je ne suis pas misanthrope. Je m'efforce à une gentillesse de bonne compagnie avec mes proches et tous les autres. Seulement rien ne peut m'empêcher de porter sur eux — et sur moi — un regard d'entomologiste. Et il y a longtemps que cela a commencé. Très exactement, cela a commencé peu de temps après le départ d'Arlette, quand j'ai fait ma dépression. Je ne veux plus penser à cette période abominable. J'ai dû côtoyer la folie. Et puis j'ai fini par émerger et j'étais devenu un autre. Le Lazare de l'ennui ! J'ai tout abandonné : mon poste de P.-D.G., mon appartement de l'avenue Maréchal-Lyautey, mon cercle, ma Bentley, tout. Je n'ai même pas essayé de savoir où se cachait Arlette. D'ailleurs se cachait-elle ? Ce n'était guère dans son caractère. Elle devait s'afficher, au contraire, avec l'homme qu'elle m'avait préféré.

Il y a quinze ans de cela. Peut-être davantage. Inutile de préciser. Ce qui est quand même curieux, c'est que José ne m'ait jamais parlé d'elle. Il est vrai qu'il me donne si rarement de ses nouvelles ! Mais enfin, il doit bien savoir, lui, où est sa grand-mère ! J'ai cru, tout d'abord, que je trouverais la paix — ou la résignation — dans une confortable maison de retraite. Celle de Blois, où je me suis installé en premier lieu, était parfaite. Mais au bout d'un an, j'ai décidé qu'elle était triste. Je suis allé ensuite aux *Myosotis,* près de Bordeaux. (Trait amusant. Toutes les maisons où je me suis successivement fixé portaient des noms de fleurs.) Trop bruyant pour mon goût. Ce qui prouve bien qu'on ne guérit jamais complètement d'une dépression. J'ai tâté des Alpes, à côté de Grenoble. Trop froid. Et maintenant, *Les Hibiscus.* Le bruit de la route. A quoi bon changer encore ! Où que j'aille, je m'emporterai dans mes bagages !

Pourquoi est-ce que je note tout cela ? Parce que je me rends compte, de jour en jour plus clairement, que je suis encore malade d'Arlette ! Et, au fond, si je veux être tout à fait franc, je dois bien reconnaître que l'idée de cette espèce de journal ne m'est pas venue par hasard. Après si longtemps, j'ai encore besoin de me parler d'elle. Le mois prochain, elle aura soixante-trois ans. Mais je jurerais que l'âge ne l'a pas marquée. Souple et mince comme elle était, je suis sûr qu'elle a au moins dix ans de bons devant elle. Je m'interroge vraiment sans complaisance. Non, l'amour, c'est fini. Aucun risque que je me donne le spectacle d'un vieux bonhomme déchiré. Elle m'a quitté, bon, c'est une affaire réglée. Alors, pourquoi est-ce que je viens encore rôder autour d'elle ? S'il est vrai qu'il y a dans l'œil un point aveugle, je crois qu'il y a aussi un point aveugle dans le cœur. Car je ne comprends pas pourquoi je n'arrive pas à la faire sortir de ma vie. Je suis une ruine dont elle est le fantôme.

Mais ça veut dire quoi ? Il me semble qu'elle a

tué en moi la confiance. Pas la petite confiance bébête qu'on peut mettre en une femme aimée, non. La confiance vitale qui fait qu'on a faim d'amitié, de succès, qu'on est plein de sève, et qu'on fourre le futur dans sa poche. J'ai été un homme puissant ; je peux l'affirmer en toute objectivité. En chemin, j'ai eu quelques aventures aussitôt oubliées, de ces passades qui, avec le champagne, marquent un soir de fête. Mais il ne m'est jamais venu à l'idée que je trompais Arlette. Au contraire, après chaque nouvelle affaire, je lui offrais des cadeaux, je la couvrais de bijoux. Elle était mon chez-moi, le sol sur lequel je m'appuyais. Elle était ma pesanteur et mon équilibre. Je veux dire qu'elle s'est dérobée sous mes pieds. Et je suis devenu semblable à une bête qui a senti la terre trembler. Tout s'est passé comme si je n'étais plus uni à la nature par une sorte de pacte nuptial. Tout était menace et danger.

J'ai eu alors besoin d'un trou, d'un terrier, d'une retraite où personne ne s'intéresserait à moi, où les femmes que je rencontrerais ne seraient plus que des vieux machins sans importance. Oui, c'est à peu près cela. Je ne mens pas. Et je ne triche pas non plus si j'affirme que j'ai oublié ce que peut être le désir. Pourtant il me suffit d'aller au bord de la mer pour voir des femmes à peu près nues et je suis encore assez robuste pour... Mais non ! Je ne me vois pas encombré d'une maîtresse. Personne ne mettra plus jamais la main sur moi. D'abord, il me reste si peu de temps !

Mettre la main sur moi. Je viens d'écrire cela sans réfléchir et je m'aperçois que cette remarque va loin. Ce n'est pas moi qui ai épousé Arlette. C'est elle qui m'a épousé. J'avais quarante ans. J'étais déjà à la tête de l'Omnium de récupération, pratiquement la plus grosse affaire de Marseille. Elle était la fille d'un de nos avocats. La rencontre était inévitable. Mais la suite l'était beaucoup moins. J'avais douze ans de plus qu'elle. D'habitude, les jeunes filles savent calculer 40 ans/28 ans, c'est acceptable. Mais 50/38 ? 70/58 ? Le moment arrive vite où une femme encore jeune donne le bras à un barbon. Il y avait, pour Arlette, de quoi reculer. A quoi je dois ajouter que je voyageais énormément. J'étais obligé d'aller dans des endroits où je ne pouvais pas l'emmener. Les bateaux n'ont pas coutume de s'échouer à proximité d'un palace. Bref, je n'étais pas ce qu'on appelle un beau parti. Mais il y avait le compte en banque. Là, je ne sais plus. Arlette a-t-elle froidement décidé de se marier avec moi ? Ou bien, au fil des années, la lassitude n'a-t-elle pas fait son œuvre ? Ou bien encore a-t-elle trouvé, au déclin de sa jeunesse et de sa beauté, la dernière chance, l'amour qui efface les rides du cœur et celles du visage ? Je l'ignorerai toujours...

Petit entracte pour vider, comme chaque soir, mon pot de tisane. Je vais passer une nuit blanche à ressasser mes souvenirs. Je me relis. J'écris comme un pied. J'aligne des phrases. Je me contorsionne, comme un vieux clown. Et la vérité, comment dire ? La vérité de ma vérité continue de m'échapper. Je ne saurai jamais ce qu'il y a eu, entre Arlette et moi. Et puis je m'en fous. Bonsoir.

Je suis allé au cimetière. Ma jambe ne me faisait pas trop souffrir et le temps était magnifique. Pendant que l'on ensevelissait la défunte, je me suis promené dans les allées. Il y avait des cigales et des merles. Si j'avais trouvé un banc, je me serais volontiers attardé. Je me suis assis quelques minutes sur la première marche d'une sorte de chapelle prétentieuse et je me suis dit que je serais bien, dans ce jardin. J'imaginais l'inscription :

Ci-gît Michel Herboise
1903-1978
Ne priez pas pour lui

Tant pis si cela ressemble à une provocation, mais si, par hasard , un jour, José passait par là — ou sa grand-mère — surtout qu'ils ne s'arrêtent pas. D'ailleurs, aucun risque. Mon notaire aura du mal à les joindre. José, pour le prévenir qu'il hérite. Et Arlette ! Elle est peut-être morte. Je n'ai jamais fini de penser à elle. Légalement, elle est toujours ma femme. J'écrivais, hier, qu'elle m'avait sans doute épousé pour mon argent ? Mais pourquoi n'a-t-elle pas voulu divorcer pour obtenir de moi une grosse pension ? Si elle n'avait pas laissé sur mon bureau cet affreux billet : *Je pars. Profite bien de ta liberté. Tu l'as assez désirée,* j'aurais cru qu'elle avait été victime d'un accident et je l'aurais fait rechercher par la police.

Je me rappellerai toujours cet instant. Je rentrais de Lorient où je venais d'acheter l'épave d'un petit pétrolier échoué sur les récifs de Groix. Elle avait choisi le moment où je venais, non sans peine, d'arracher l'affaire à un concurrent hollandais, pour me jeter ma liberté à la figure. Ma liberté ! Après tout, c'était mon instrument de travail. Je l'avais peut-être défendue parfois avec trop d'âpreté, mais jamais contre elle. Ma pauvre Arlette ! Tu n'as rien compris !

Je suis reparti et ma promenade m'a conduit au fond du cimetière, terrain vague où des terrassiers préparent de nouvelles tombes. Je demanderai à être couché là, bientôt. L'endroit me plaît. Un agent immobilier dirait qu'on y jouit d'une vue superbe sur la baie. La terre est sèche et craquante, une vraie terre à momies. Il m'ennuierait de me dissoudre dans la boue. J'ai rencontré, en sortant, le général qui clopinait vers l'arrêt du bus.

— Pauvre Éliane, me dit-il en me saisissant le bras.

— Éliane ?

— Oui. Mme Kaminski. Je la connaissais bien. Ah, nous sommes peu de chose. Heureusement, elle n'a pas eu le temps de souffrir.

— Je la voyais peu.

— C'est dommage. Elle avait une très forte personnalité. Je dirai même que c'était une maîtresse femme. Songez qu'à la mort de son mari, elle a pris la direction de la firme, une tréfilerie dans le Nord. Son fils a eu toutes les peines du monde pour la persuader de se retirer ici.

— Son infirmité ne la gênait pas ?

— Quelle infirmité ?

— Eh bien, elle était presque aveugle. Elle tâtonnait toujours avec sa canne blanche.

Le général eut une quinte de toux qui le fit à moitié suffoquer.

— Mais elle n'était pas plus aveugle que vous ou moi. Elle avait adopté la canne et les lunettes noires pour obliger les gens à s'écarter d'elle et pour traverser les rues n'importe où, sans se soucier des voitures. Je vous assure que c'était un drôle de corps.

Il se dirigea d'autorité vers un bistrot, à l'angle de l'avenue.

— Vous prendrez bien avec moi une petite douceur. On m'interdit l'alcool, à la pension. Alors, j'assiste aux enterrements, pour avoir droit à un petit remontant. Mais que cela reste entre nous, n'est-ce pas.

Je regardai l'heure à ma montre.

— Bah, reprit-il. Personne ne nous attend. Et pour une fois que nous nous rencontrons !... C'est même très curieux. Nous nous saluons tous les jours, là-bas, et nous n'avons pratiquement jamais l'occasion de nous parler.

— C'est ma faute. Sans doute suis-je un peu timide.

— Allons donc ! Il y a combien de temps que vous êtes avec nous ?

— Bientôt cinq mois.

— Ah, ce n'est pas bien, cher ami. Vous auriez dû vous joindre à nous dès votre arrivée.

Il était débordant de bienveillance et de bonne

volonté. Il commanda d'office deux pastis et m'apprit qu'il allait créer une section de bricolage.

— Taper sur un clou... pousser un rabot... rien de tel pour ne pas trouver le temps long.

— Et qu'est-ce que vous fabriquerez ?

— Je ne sais pas encore.

— Et ça servira à quoi ?

Il vida son verre, lentement, puis baissa la voix.

— A rien, je le crains.

Un cortège de voitures pénétrait au pas dans le cimetière.

— Est-ce qu'on meurt beaucoup, aux *Hibiscus ?* demandai-je.

Cette question chassa l'espèce de gêne qui venait de s'emparer de nous.

— Normalement, dit-il. L'un dans l'autre, il faut compter un décès tous les trois ou quatre mois. Songez que les vieillards de plus de quatre-vingt-cinq ans ne sont pas rares, chez nous.

Je crus bon de plaisanter.

— Dites donc, en un an, ça ne fait pas beaucoup de petits remontants !

— Plus que vous ne pensez, fit-il avec tristesse. Il y a d'autres maisons de retraite, par ici, et nous y avons beaucoup d'amis. Nous finissons par connaître tout le monde. A propos, est-ce que vous avez entendu parler du conseiller Rouvre ?

— Non. Qui est-ce ?

— Un magistrat que j'ai rencontré autrefois, dans la Résistance. Si c'est bien lui, il doit avoir au moins soixante-quinze ou soixante-seize ans.

D'après un bruit qui court, depuis hier, il remplacerait Éliane Kaminski.

— Clémence m'a vaguement parlé d'un couple.

— C'est bien ça. L'appartement d'Éliane convient très bien à un vieux couple. Outre la chambre, qui est grande, il y a un salon-bureau où l'on peut installer un lit, et même ce qu'on appelle de ce nom ridicule, vous savez, une kitchenette... Ils vont payer tout ça les yeux de la tête. *Les Hibiscus,* c'est bien, c'est même très bien, mais c'est ruineux, vous ne trouvez pas ? Enfin, c'est notre dernier luxe !

Je vis qu'il n'était pas pressé de rentrer et je pris congé. A la vérité, je n'étais pas plus pressé que lui mais je commençais à redouter son bavardage. Du conseiller Rouvre, il allait passer à la Résistance. De la Résistance à Saint-Cyr. De Saint-Cyr à ses années de collège. Toute une biographie à l'envers, comme j'en avais déjà entendu pas mal, parmi les radotages de la maison. Radoter, voilà une chose que je me suis interdite. Parmi toutes les raisons plus ou moins claires qui m'ont amené à rédiger ces notes, c'en est une qui vient en premier lieu. Il me suffira de me relire pour vérifier si je succombe à l'avachissement cérébral qui nous menace tous. Oh, je sais que j'en aurai fini avant. Mais si j'avais la faiblesse de remettre ma décision de jour en jour, sous des prétextes variés, au ton de ces notes, j'aurais vite fait de surprendre mon gâtisme à l'œuvre, et alors je ne pourrais plus reculer. Cette réflexion me rassure.

Passé hier soir, après-dîner, un long moment sur la terrasse, pompeusement nommée « solarium », mais où personne ne va jamais dans la journée, à cause de la chaleur. En revanche, la soirée y est douce. La brise de terre exalte les parfums. La lumière s'attarde longtemps, comme si une mystérieuse alliance s'était nouée entre la nuit et le jour. Il y a des chaises longues, des fauteuils en rotin, des lampes sur des tables basses, et de gros insectes qui passent en ronflant. Rares sont les visiteurs. C'est l'heure du bridge et de la télé, qui fonctionne bruyamment, toutes fenêtres ouvertes. D'où je suis, j'entends les coups de feu des westerns et je devine tous ces vieux visages attentifs qui ont retrouvé l'innocence de la prime jeunesse.

Jeanne, la barmaid, est venue voir si j'avais besoin de quelque chose. Une infusion ? Une boisson fraîche ? Non, je n'ai besoin de rien que d'être seul. Les deux journées qui viennent de s'écouler ont été particulièrement pénibles. Tous mes démons se sont acharnés. Je me demande si je ne vais pas retomber dans ma dépression. Et cela, jamais. Je me donne encore deux jours. Dernier délai. Allongé sur ma chaise longue, j'ai rédigé mon testament en regardant les étoiles. Les phrases se formaient toutes seules, dans ma tête. Je n'ai qu'à les reproduire :

Je soussigné Michel Herboise, sain de corps et d'esprit (c'est à voir mais peu importe, je continue), *lègue tous mes biens à mon petit-fils, José Ignacio Herboise, étant bien entendu que si ma femme, Arlette, née Valgrand, se manifestait pour faire valoir ses droits à ma succession, alors qu'elle a abandonné le domicile conjugal depuis quinze ans, Me Dumoulin, mon notaire, en possession de notre contrat de mariage qui établit que nous avons été unis sous le régime de la séparation de biens, ne lui reconnaîtrait que le minimum admis par la loi. La dernière adresse que José a bien voulu porter à ma connaissance était : 545, avenita San Miguel, à Rio de Janeiro. Mais c'est une adresse déjà ancienne. Je charge donc Me Dumoulin d'effectuer toutes les recherches nécessaires, si, par malchance, mon petit-fils ne s'y trouvait plus. Enfin, si José était mort, ce qui n'est pas une hypothèse absurde étant donné l'ignorance où j'ai toujours été tenu des conditions de son existence, ma fortune irait à Jean et Yvonne Loiseau, qui sont des cousins au quatrième ou cinquième degré. Je les connais à peine mais, à choisir entre l'État et eux, j'aime autant les désigner comme héritiers. Fait aux* Hibiscus...

Bref, tout cela me semble clair. Je recopie et signe. Mon texte a une petite allure solennelle et contournée qui lui donne un cachet juridique. Je perçois parfaitement le côté ridicule de cette comédie testamentaire. Mais comment exprimer la vérité crue, à savoir que je suis un vieux bonhomme auquel nul ne s'intéresse, pas même ce petit-fils aux antipodes que je ne connais, en somme, que par ouï-dire. Certes, le scandale sera grand. Peut-être devrais-je laisser un mot d'excuse à Mlle de Saint-Mémin, qui dirige cette maison avec beaucoup de doigté, en quoi elle a bien du mérite. Au risque de me répéter, je voudrais qu'il soit bien entendu que je ne cède ni au désespoir, ni à la fatigue, ni à la maladie, ni à ces « chagrins intimes » qui ont si bon dos quand on est à bout d'arguments. Je prends congé. Voilà tout. J'ai vidé la coupe. Je la jette derrière mon épaule.

Toutes mes dispositions sont prises depuis longtemps. Le poison est prêt, dans une petite boîte dissimulée derrière les remèdes qui se sont accumulés au fil des mois, et il n'a, Dieu merci, aucun goût. Je le verserai dans mon pot de tisane et j'avalerai le breuvage jusqu'à la dernière goutte, comme Socrate. On me conduira là-haut, et le bon général boira un petit remontant à ma mémoire. Pour les détails de l'enterrement, ils se débrouilleront. Les déménagements m'ont toujours assommé. Cependant, j'aimerais porter mon costume bleu marine, qui est sérieux sans être sévère. Je dois penser à ceux qui viendront s'incliner devant ma dépouille. Et ils viendront tous, par désœuvrement et curiosité. Et puis, j'oubliais : je veux que mes deux romans soient glissés près de moi, dans mon cercueil. Je partirai avec mes deux enfants mort-nés, les seuls fruits d'une existence que j'avais crue très pleine.

C'est raté ! Bêtement raté ! Les Rouvre sont arrivés jeudi dernier, juste avant que je ne mette mon projet à exécution. A peine si l'appartement avait été vidé de tout ce qui appartenait à la défunte. Les nouveaux locataires sont diablement pressés. Et quand les « nouveaux » arrivent, la maison est en émoi. Conciliabules ! Mines entendues ! Chuchotements ! « On le dit très malade. »... « Mais non ! Il n'est pas vieux du tout : soixante-seize ans. »... « Je la plains. Il paraît qu' elle est beaucoup plus jeune que lui ! »... Les confidences circulent. « C'est Maurice qui me l'a dit ! » Maurice le masseur a presque autant de crédit que Clémence. « Rouvre ! Ça me rappelle quelqu'un... J'ai connu un Rouvre, attendez donc ; c'était au moment des événements d'Algérie... »

Les voilà fouillant dans leurs souvenirs comme des fripiers du passé. L'agitation fut à son comble vers six heures du soir quand quelqu'un fit courir le bruit « qu'ils étaient là ». Agitation de bon aloi, certes. Un observateur non prévenu n'aurait peut-être rien remarqué. Il fallait appartenir au groupe, au clan, pour sentir que quelque chose se préparait. On se donnait des prétextes pour traverser le hall où leurs bagages, malles et valises, venaient d'être réunis. On jetait vers l'ascenseur des regards furtifs. On rapportait au salon des bribes de nouvelles. Les cercles de causeuses n'étaient pas tout à fait composés comme à l'ordinaire. Ils admettaient des figures nouvelles. On devinait de subtiles ruptures de préséances justifiées par l'événement.

Moi, j'avais consacré ma journée à faire un dernier tour en ville, pour un adieu malgré tout un peu ému à tout ce qui allait s'effacer pour toujours. J'avais donc, en revenant, tous les sens en alerte et je captais immédiatement les fluides qui circulaient dans la pension. Je sus tout de suite que je devrais renoncer, provisoirement à mon projet. Je n'avais aucune raison de marquer d'un deuil le jour où des inconnus venaient s'installer aux *Hibiscus*. Cela ne se faisait pas ; un point c'est tout. Mourir, d'accord. Mais poliment !

Je me dis maintenant que j'ai sans doute poussé les scrupules un peu loin, mais, pour y voir plus clair, je dois me raconter la suite par le menu. A l'heure habituelle, je descendis dans la salle à manger. Il était huit heures et je constatai que, pour une fois, tout le monde était là. Pas un seul retardataire, Vilbert avait revêtu sa veste de velours noir qu'il met pour aller, le dimanche, à la chapelle. Entre Vilbert et moi, face à Jonquière, il y avait un quatrième couvert.

— On attend quelqu'un ? demandai-je, à la fois surpris et irrité.

— On attend Mme Rouvre, dit Vilbert. Mlle de Saint-Mémin ne voulait pas lui donner une table isolée. Pour le premier soir, elle aurait paru en pénitence. Et comme nous ne sommes que trois à notre table...

Jonquière avait l'air furieux.

— Eh bien, nous enseignerons à cette personne les coutumes de la maison, poursuivit Vilbert avec entrain. Voilà qui va mettre un peu d'animation dans notre vie. Et qui vous obligera à garder pour vous vos plaisanteries de carabin.

Jonquière ne releva pas le propos, ce qui m'étonna, car il n'aimait pas laisser à Vilbert le dernier mot. Soudain, le bruit des conversations s'atténua, comme il arrive au théâtre quand le rideau commence à se lever. La curiosité, pendant une minute, l'emporta sur l'éducation. Mlle de Saint-Mémin, précédant Mme Rouvre, s'avançait vers notre table. Brèves présentations. Sourires. Le brouhaha avait repris. Mme Rouvre s'excusait. Elle n'avait pas voulu s'imposer. Son mari était trop fatigué pour dîner. D'ailleurs, le soir, il ne mangeait pas.

— Et de quoi souffre M. Rouvre ? demanda Vilbert, qui en sait long sur toutes les maladies.

— Il est atteint d'arthrose de la hanche et ne se déplace qu'avec beaucoup de peine.

— Très douloureux, dit Vilbert. Staporos et vitamine B. C'est le seul remède.

Pendant qu'ils parlaient médicaments, j'observais ma voisine. Impossible de lui donner un âge. Elle était parfaitement fardée, parfaitement coiffée, portant comme un bijou son visage du soir. A peine si l'on devinait que ses cheveux étaient teints, tellement leur blondeur paraissait naturelle. Quand elle souriait, elle me rappelait très fugitivement Arlette. J'étais gêné de poser sur la nappe, auprès de sa main longue et blanche, ornée d'une pierre chatoyante, ma main maculée des taches brunes de la vieillesse.

Jonquière ne semblait pas plus à l'aise que moi. Il hochait la tête pour montrer qu'il s'intéressait à la conversation, mais il gardait un silence contraint. Quant à Vilbert, si taciturne d'habitude, il était disert, enjoué, coquet dans ses propos, même s'il donnait la réplique à contretemps faute d'avoir bien entendu. En somme, il sauvait l'honneur, car, sans lui, nous aurions fait piètre figure ; Jonquière, parce qu'il était certainement vexé de n'avoir pas été consulté par Mlle de Saint-Mémin, et moi...

Vraiment, je ne sais pas très bien pourquoi j'étais de mauvaise humeur. Cette présence féminine m'indisposait. J'étais comme une bête éblouie qu'on force à sortir de son trou et qui se sent exposée aux coups. Vilbert vantait les mérites de la maison, comme s'il en avait été le promoteur et le propriétaire. Les promenades... la mer à deux pas... la montagne à moins d'une heure... un climat parfait... Il tournait au dépliant touristique, le vieil imbécile.

Elle écoutait avec gentillesse. Jonquière m'intriguait. D'abord, j'avais cru qu'il réagissait hargneusement, en célibataire qu'on dérange. Maintenant, j'en étais moins sûr. Je le sentais contracté et pour ainsi dire sur la défensive. Et il me vint soudain à l'esprit que Mme Rouvre n'était pas pour lui une inconnue. Et cette idée me poursuit toujours. C'est pourquoi j'essaye de fixer mes impressions d'alors, si ténues, si fugitives et finalement si peu fondées. Mme Rouvre ne prit pas de dessert. Elle nous remercia de l'avoir si aimablement accueillie.

— C'est la moindre des choses, dit Vilbert. J'espère que vous nous ferez l'honneur de considérer, désormais, cette table comme la vôtre.

Au regard que Jonquière lui jeta, je compris qu'il l'aurait volontiers étranglé.

— Je ne vous promets rien, dit-elle. J'ignore encore comment nous allons nous organiser.

Là-dessus, sourires, salutations. Exit la dame. Je pensais que Jonquière allait vertement rabrouer Vilbert. Pas du tout. Il s'en alla sans piper mot. Je laissai Vilbert à son alchimie pharmaceutique et me retirai à mon tour. Il est évident que des gens appartenant au même milieu social, parfois liés par des intérêts communs, ont des chances de se retrouver un jour dans la même maison de retraite, sur la Côte d'Azur. La réputation des *Hibiscus* est grande. C'est le *Negresco* du troisième âge. Donc les Rouvre et Jonquière ont peut-être déjà été en relation. Mais qu'est-ce que ça peut me faire!...

Si ! A la réflexion, je vois bien pourquoi, depuis ce dîner, je ronge mon frein. Cette sacrée bonne femme me distrait. J'étais tendu vers un but difficile, concentré, comme un athlète avant la détente suprême et maintenant mon attention s'éparpille. Tout se passe comme si je me laissais aller à prendre part aux cachotteries, aux intrigues, aux médisances de la pension. La preuve : j'ai interrogé Clémence. D'habitude, c'est elle qui prend l'initiative du bavardage, tout en préparant l'aiguille, en cassant l'ampoule. Cette fois, c'est moi qui l'ai mise sur le chapitre des Rouvre.

— Le pauvre homme, a-t-elle dit. Il est à moitié paralysé du côté droit. Vous le verriez se déplacer sur ses deux cannes, ça fait quelque chose. Mais toute sa tête. Toute sa dignité. C'est M. le Président même quand il est en pyjama. Ça m'étonnerait bien qu'il fasse de vieux os. Il n'a que soixante-seize ans, mais on lui en donnerait dix de plus.

— Et elle ? Quel âge a-t-elle ?

— Soixante-deux. Elle ne les porte pas, hein ? J'ai cru comprendre qu'elle a fait beaucoup de sport autrefois. Mais on n'a pas encore eu le temps de causer, toutes les deux. Vous savez, j'entre, je le pique, je lui prends sa tension. Ça va vite et ils viennent juste d'arriver. Lui, je peux vous dire qu'il ne se dégèlera jamais. Mais elle, c'est tout le contraire. Je suis sûre qu'elle en a gros sur le cœur.

— Pourquoi ?

— Si vous croyez que c'est drôle de vivre tous les jours auprès d'un père rabat-joie. Je ne me laisse pas facilement impressionner, mais ce bonhomme-là, c'est un sale vieux. Il est méchant. C'est écrit sur sa figure.

Et moi, voilà que je prête l'oreille à tous ces ragots. Mais qu'est-ce que ça peut me faire que

Rouvre soit ceci ou cela ? Et pourtant je demande encore :

— A midi, elle déjeune avec lui ?

— Oui. On leur apporte un plateau. J'ai compris qu'il a de la peine à se servir de sa main droite. Voulez-vous que je vous dise, monsieur Herboise ? Il vaut bien mieux être mort.

— Ce qui m'étonne, c'est qu'on l'ait accepté ici.

— Oh ! Ils ont certainement des appuis.

Après le départ de Clémence, je reste là, comme un idiot, à ruminer ses paroles. J'essaye d'imaginer Mme Rouvre en train de faire manger M. le Président. Horrible ! Et pourtant Arlette aussi m'a nourri. Je m'étais fracturé le poignet à la suite d'un dérapage. C'était en... Mais comment s'y reconnaître dans cette pénombre des années écoulées ? Henri était encore vivant puisqu'il avait pris de mes nouvelles, depuis je ne sais plus quelle ville d'Amérique du Sud... Et j'en mettrais ma main au feu maintenant, elle était ravie de mon accident. Pour une fois, je dépendais entièrement d'elle. Le mâle abattu ! Qui sait ! De quelles humiliations Mme Rouvre se venge-t-elle, patiemment, à petit feu, au jour le jour ! Comment la bonne grosse Clémence devinerait-elle cette bataille obscure au finish, comme disent les pugilistes ! Il est vrai que je me trompe peut-être du tout au tout. Je le voudrais. Cela me prouverait que mon imagination, que je croyais morte, n'était qu'engourdie. Si je pouvais encore me raconter des histoires, m'inventer par exemple une Mme Rouvre et si elle n'était pas conforme au modèle, je dirais presque : « Tant mieux ! » Ce qui serait inespéré, ce serait de sentir bouger en moi un roman. Il me semble que je reprendrais goût à la vie. En ce moment, je crève de stérilité !

Hier soir, elle était habillée autrement. Je n'ai jamais fait très attention à la toilette des femmes. Tout ce que je me rappelle, c'est qu'il y avait autant d'Arlettes que de robes, et j'ai bien l'impression que Mme Rouvre n'en est qu'au début de ses métamorphoses. Hier soir, donc, coiffure modifiée, brillants aux oreilles, robe noire d'une coupe parfaite, collier de prix. Notre table fait des envieux ! Vilbert frétille. Jonquière, lui, a sa gueule fermée des mauvais jours. Curieux bonhomme ! Quand il veut montrer qu'il s'absente de la conversation, il n'a pas besoin, comme Vilbert, de retirer un appareil acoustique ; il lui suffit de relever ses lunettes jusqu'au sommet du crâne. Il ignore que ces protubérances rondes lui donnent un air de batracien myope, et d'ailleurs, s'il le savait, il n'en aurait cure, car il y a bien longtemps que l'opinion des autres le laisse indifférent. Il est là, comme un étranger qui ne comprendrait pas notre langue, et à la longue ce mutisme devient offensant.

Mme Rouvre feint de ne rien remarquer. Le crabe farci l'amène à parler de ses voyages. Vilbert fonce sur le sujet. Il a voyagé presque autant que moi. Je me laisse entraîncr. Trop tard pour me le reprocher. Et puis c'était une sensation si neuve, agréable, certes, mais aussi un peu douloureuse comme si j'avais essayé de mouvoir de vieux muscles rouillés.

— Vous connaissez la Norvège ? dit-elle.

— Oui, mais pas l'intérieur. Seulement les côtes.

— Tiens, pourquoi ?

Vilbert intervient avec une pointe d'aigreur.

— M. Herboise était marchand d'épaves.

Elle me regarde, très étonnée. Elle a des yeux gris-bleu, un peu écartés, et, au coin des paupières, malgré le fard, de fines craquelures.

— Marchand d'épaves, vraiment ? dit-elle.

Pourquoi Vilbert a-t-il choisi le terme le plus méprisant ? J'explique précipitamment, comme s'il s'agissait d'un métier honteux.

— Pas marchand. Non. Ma société se contentait d'acheter des navires perdus, ceux qu'il était impossible de renflouer. Nous les démolissions pour récupérer les métaux précieux. Si vous préférez, j'étais ferrailleur. Tout ce qui ne flottait plus me passait par les mains.

— Passionnant !

— Ça dépend des goûts, observe Vilbert qui m'en veut d'avoir capté l'attention de Mme Rouvre.

Jonquière a sorti de son étui un long cigare hollandais. Il l'allume en respectant les rites. Il fait exprès, je le jurerais, de se comporter comme s'il était seul.

— J'ai conservé un album de photos, dis-je. Si ça vous intéresse, je pourrai vous les montrer. Mais je vous préviens : certaines sont dramatiques.

— L'abattoir, fait Vilbert en ricanant. L'ossuaire des bateaux morts.

— Ne l'écoutez pas. Mais j'avoue que j'ai souvent éprouvé quelque chose comme un serrement de cœur en découvrant, cassées en deux ou à moitié submergées, des carcasses attaquées par la rouille et les coquillages.

J'étais lancé. Je tenais le bon sujet. Je savais par expérience qu'il avait maintes fois fait merveille, au temps où je sortais beaucoup. Ces bateaux jetés à la côte, cela touchait toujours les belles soupeuses. Pas Arlette ! Les épaves, elle s'en fichait. Mais les autres, oui. Et Mme Rouvre, maintenant. Je plaçai, en vieil hypocrite que je suis encore, hélas ! quelques épisodes d'un effet éprouvé. Jonquière s'en alla, sans même une inclinaison de tête. Vilbert tint bon plus longtemps, visiblement dépité. Puis il s'excusa et nous laissa seuls. La conversation prit alors un tour je ne dirai pas plus intime, mais plus personnel. Jusque-là, nous avions été comme des voisins d'hôtel que les hasards d'un voyage rapprochent pour un peu de temps. Mais je me rendais compte — elle aussi sans doute — que nous étions là, dans cette salle à manger, dans cette maison, *pour toujours*. Mon « toujours » à moi serait bref, si je demeurais ferme dans mes intentions. Mais elle ? Elle qui paraissait encore si jeune ! C'est pourquoi je l'interrogeai aussi discrètement que possible, en lui laissant bien sentir que nous étions des compagnons de route et que l'intérêt que nous lui portions tous était la chose la plus normale. J'appris qu'ils habitaient Paris, mais qu'ils ne trouvaient plus de gens de maison convenables.

— J'avoue, me dit-elle avec une sorte de confusion qui me toucha, que mon mari n'est pas toujours commode. Sa maladie le rend irritable. Je n'ai qu'une peur : c'est qu'il ne lasse la bonne volonté du personnel.

Je lui affirmai qu'elle n'avait rien à craindre car le personnel était habitué aux sautes d'humeur des pensionnaires.

— Nous sommes tous plus ou moins des maniaques, dis-je en riant.

Il y avait des mois que je n'avais pas ri. Je ne me reconnaissais plus. En veine de confidences, elle poursuivit :

— C'est un ami qui nous a recommandé *Les Hibiscus.* Il avait lui-même un ami qui... Vous savez comme cela se passe. De bouche à oreille, comme les tuyaux des financiers.

— Et quelle est votre impression ?

Elle hésita.

— Plutôt bonne.

— Évidemment, si vous aviez connu quelqu'un, ici... le dépaysement aurait été moins brutal.

J'avais glissé cette remarque de l'air le plus naturel mais ce fut également de l'air le plus naturel qu'elle me répondit.

— Malheureusement, ce n'est pas le cas.

Et aussitôt, comme si elle avait voulu rattraper un mot malheureux, elle ajouta :

— Mais de quoi me plaindrais-je ? Tout le monde est si gentil !

— Nous ferons de notre mieux. Il nous arrive parfois d'être bourrus. M. Vilbert est souvent grognon, à cause de son ulcère. Et M. Jonquière est lunatique. En ce moment, il semble avoir des idées noires. Il ne faut pas faire attention. Moi-même... mais à quoi bon parler de moi ? Sachez seulement que si je peux vous être utile... je suis à votre entière disposition.

Elle me remercia — comment dois-je dire : avec élan ? avec chaleur ? — en tout cas cela allait plus loin qu'un merci de simple convenance.

— Vous n'allez pas regarder la télévision ? demandai-je encore.

— Je ne dois pas laisser mon mari seul trop longtemps.

— Mais il peut tout de même se déplacer ?

— Difficilement.

Je compris qu'il ne fallait pas insister. Sujet interdit ! Je lui souhaitai le bonsoir et regagnai ma chambre.

Il est très tard. J'ai laissé ma fenêtre ouverte sur la nuit. Je suis semblable à un malade au sujet duquel les médecins réservent leur diagnostic. C'est vrai, je devrais être mort et je ne sais plus très bien si j'ai envie de mourir. Mais ai-je eu envie de mourir ? Ne me suis-je pas contenté de bavarder autour de ma mort ?

Je m'interroge avec l'extrême lucidité de ceux qui ne peuvent trouver le sommeil. Mais lucidité ne veut pas dire sincérité, et il n'est pas impossible que quelque chose que j'aime mieux ignorer me retienne encore au bord de la vie. En ce moment, cela prend l'aspect de la curiosité. Pourtant, je me moque de savoir si Jonquière a connu ou non, dans le passé, Mme Rouvre. Je m'en moque et pourtant cela suffit à me retenir, à me tirer en arrière. Il n'aurait pas fallu que cette femme vînt s'asseoir près de moi. Je suis comme un organisme privé, depuis très longtemps, d'une certaine hormone que j'appellerai l'hormone F, l'hormone féminine et, par simple voisinage, parce que je me trouvais dans l'aura de son parfum, il s'est produit en moi une sorte de modification chimique, comme si une zone très lointaine de mon être devenait moins desséchée, moins rabougrie. C'est du moins l'explication qui me paraît la plus claire. Mais mon problème demeure. L'inanité de mon existence, je la ressens avec autant d'acuité. Je dirais presque que cette constatation me rassure car je me mépriserais profondément si, après avoir pris tant d'élan, je me dérobais au moment de sauter.

Deux heures. J'ai vidé mon pot de tisane. Il y avait trop d'anis. J'en ferai la remarque à Françoise. L'excès d'anis rend le breuvage âcre et amer. Je me souviens qu'autrefois, quand j'étais un gamin, au temps où j'allais à la pêche, j'arrosais de jus d'anis le blé cuit qui me servait d'appât, pour le gardon et l'ablette. Époque bénie ! Ma grand-mère habitait tout au bord de l'Yonne. Je n'avais qu'à traverser la route et dévaler la berge. C'est peut-être pour renouer avec ces jours heureux que je vais, maintenant, chaque soir, à la pêche aux songes, en buvant la liqueur d'oubli.

Clémence, ce matin, incidemment, m'a appris que le prénom de Mme Rouvre était Lucile. C'est un prénom qui me plaît. Il est vieillot mais gracieux. Peut-être me rappelle-t-il un peu trop le collège et les pages de Chateaubriand qu'il fallait apprendre par cœur. *Levez-vous, orages désirés...* Mais quoi ! Lucile, c'est tellement mieux qu'Arlette ! J'ai toujours détesté ce prénom d'Arlette. Il a toujours l'air d'être porté par une fille qui vient de coiffer Sainte-Catherine. Arlette y tenait, cependant. Et se fâchait quand je l'appelais : Arlie... Letty... et j'avais pris le parti de l'appeler Minouche, ou Minouchon ou Minouchonne, selon l'humeur du moment. N'y pensons plus.

Clémence, à qui rien n'échappe, m'a dit que Mme Rouvre avait les yeux rouges et meurtris, ce matin, comme si elle avait pleuré. Pourquoi ce chagrin, si toutefois Clémence ne s'est pas trompée ? Voilà de quoi rêver. Et sans doute parce que j'avais envie de rêver, je me suis promené presque jusqu'à midi au bord de la mer, malgré cette jambe douloureuse que j'ai l'impression de tirer comme un chien qui renâcle. J'ai longuement médité sur le mot : vieillard. Ça commence quand, le vieillard ? Suis-je un vieillard ? Rouvre est-il un vieillard ? Lui, sans aucun doute, parce qu'il marche avec deux cannes métalliques en traînant les pieds ; c'est du moins ainsi que je le vois. Mais moi ? J'ai les cheveux blancs, bien sûr. Quelques fausses dents aussi. Le reste, en revanche, est encore présentable. Quand je me compare à Vilbert, et même à Jonquière, je m'estime plutôt bien conservé. Il y a cinq ou six ans, j'avais encore une silhouette très jeune. Alors, pourquoi Arlette ?... A-t-elle eu peur de devenir un jour prochain une garde-malade? Pourtant, j'avais à peine soixante ans, à l'époque! Peut-être Mme Rouvre — mais j'aime mieux dire Lucile — a-t-elle les yeux rouges parce qu'elle se croit tenue de rester avec un vieillard?

J'ai croisé des groupes de jeunes gens. J'ai même failli être bousculé par une fille en maillot de bain. Elle ne s'est pas excusée. Elle ne me voyait pas. J'étais pour elle transparent comme un fantôme. Je n'existais pas. C'est peut-être cela, un vieillard. Quelqu'un qui est encore là mais qui n'existe plus. Alors, pauvre président Rouvre! et pauvre moi!

Jonquière a fait savoir qu'il déjeunait en ville. Bizarre! Il est venu dîner, mais s'est contenté d'un potage et d'un peu de purée. Bref salut à la cantonade et le voilà parti. Vilbert a compté des gouttes, dans son verre, puis versé une poudre blanche, accompagnée d'un demi-comprimé. Il a absorbé le tout, après nous avoir jeté un regard sévère. Lucile retenait un sourire.

— Restez un peu, lui dis-je. C'est le seul moment agréable de la journée.

— Je ne veux pas être importun, grommela-t-il.

Je ne pus m'empêcher de hausser les épaules tant cette réflexion me parut bête et déplacée.

— Je vous avais bien prévenue qu'ils sont impossibles, murmurai-je à l'adresse de Mme Rouvre.

Elle regarda Vilbert s'éloigner.

— Je ne voudrais pour rien au monde, dit-elle, bousculer vos habitudes. Il doit être possible de me donner une autre place.

— Vous n'en ferez rien, m'écriai-je, et, pour

couper court, je lui demandai si elle était satisfaite de son logement.

— Il faut savoir se contenter de peu d'espace, fit-elle. A Paris... mais je ne veux plus penser à Paris. Oui, c'est très bien. Sauf, peut-être, le service du petit déjeuner. La jeune serveuse...

— Françoise.

— Oui, Françoise a la mauvaise habitude de monter deux plateaux à la fois. Elle en pose un sur la table, à l'entrée du couloir et, pendant qu'elle va porter l'autre, le café a le temps de refroidir. C'est désagréable.

« Fichtre, pensai-je, elle ne sera pas, elle non plus, une cliente commode ! » Pour lui faire oublier Françoise, que j'aime bien, je parlai des autres pensionnaires.

— Vous les apprécierez, vous verrez. L'âge leur prête une originalité qu'ils n'avaient certainement pas... j'allais dire : de leur vivant. Tenez, par exemple, juste derrière moi, vous apercevez une dame toute menue... C'est Mme de Boutonne... quatre-vingt-sept ans... La première fois qu'on a voulu lui donner l'extrême-onction... Il y a déjà longtemps, je n'étais pas encore là... Elle a écarté le prêtre en disant : « Pas celui-là. Il est trop laid ! » Ça ne s'invente pas.

Lucile riait de bon cœur.

— Vous n'allez pas prétendre qu'il n'y a ici que des phénomènes !

— Non, bien sûr. Mais presque.

— Et comme distractions ?

— Eh bien, vous pouvez suivre les cours de yoga,

vous inscrire à la chorale, ou à l'université du troisième âge, et il y a encore bien des activités dont vous trouverez la liste au bureau.

— Malheureusement, je ne suis pas libre de mes mouvements, à cause de mon mari. Il n'y a pas une bibliothèque ?

— Si, mais très pauvre. Quelques centaines de volumes. Mais, si vous le permettez, je puis, moi, vous prêter des livres.

Je faillis ajouter que j'avais été, moi-même, écrivain, autrefois. Un reste de pudeur me retint à temps. Je vis que ma proposition lui faisait le plus grand plaisir.

— Une question encore, dit-elle. Est-ce que vos livres portent une marque quelconque, ex-libris ou signature, montrant qu'ils vous appartiennent ?

— Non. Pourquoi ?

— Parce que mon mari n'aimerait pas, je crois. Il est tellement imprévisible !

Voilà de quoi méditer, avant de céder à la fatigue !

Je suis en train de m'occuper de ce qui ne me regarde pas, je le crains. Mais, je dois le reconnaître, l'ennui, semblable à un brouillard dans lequel j'étais encalminé comme un voilier égaré, commence à se dissiper. C'est pourquoi je vais noter les événements de cette journée sans récrimination, sans grogne, comme si quelque chose de plus clair filtrait peu à peu dans ma nuit. Ce n'est certes pas de l'espoir. Espoir de quoi ? Mais c'est une orientation donnée à mes pensées, une direction qui les sollicite vers quelqu'un : Mme Rouvre.

Un petit mystère à éclaircir, dans ma situation, c'est une grande raison de vivre. J'aimerais savoir — pure curiosité mais bénie soit la curiosité ! — pourquoi Lucile pleure. Et, à l'heure où j'écris, je ne suis pas beaucoup plus avancé, c'est vrai. Cependant j'ai fait une découverte intéressante.

Reprenons. Le petit déjeuner d'abord. Mme Rouvre a raison : le café est à peine tiède. Ce détail ne m'avait pas particulièrement frappé, mais il est évident que Françoise s'acquitte mal de son service. Il faudra que je la mette en garde.

Ensuite, l'épisode de la piqûre quotidienne. Petite conversation avec Clémence.

« Vous y croyez, vous, monsieur Herboise, à tous ces médicaments ? Moi, je dis que quand la carcasse n'en peut plus, il vaut mieux la laisser tranquille. »

Elle a un gros bon sens de fille du peuple, une espèce de philosophie fataliste et pourtant souriante qui réussit souvent à me dérider.

— Et les Rouvre ? dis-je. Parlez-moi des Rouvre.

— M. le Président n'est pas à prendre avec des pincettes, ce matin.

— Vous avez l'air de vous moquer de lui, quand vous parlez comme ça.

— C'est plus fort que moi. Quand on a, comme lui, un pauvre petit derrière de marmot anémique, à quoi ça rime, je vous le demande de se faire appeler : Monsieur le Président ?

Nous rions comme deux complices.

— Clémence, vous êtes terrible. Vous ne respectez rien.

— C'est peut-être qu'il n'y a rien de respectable, monsieur Herboise.

Bon ! Jusque-là, c'est une journée comme les autres. La chaleur est déjà accablante. Douche. Rasage. Conciliabule avec mon double dans la glace. Les tempes se dégarnissent. Et ces deux rides qui, partant du nez vers les coins de la bouche, semblent soutenir les lèvres comme des ficelles ! Vieux guignol, qui n'en a pas encore assez de ce théâtre de marionnettes ! Je me hais, parfois, d'être si... Il y a un mot un peu trivial, mais tellement juste, pour dire cela : décati ! Je suis décati, voilà !...

Pas chenu, pas usé, décati. C'est-à-dire délabré, comme ces statues des jardins publics, mangées par le vert-de-gris et souillées de fiente. Ce qui ne m'empêche pas de choisir, parmi mes costumes, un fil à fil gris, élégant, qui m'amincit. Comme si je me préoccupais de plaire ! Mais le standing compte encore énormément dans la maison.

J'en viens maintenant à l'essentiel : la promenade dans le parc. J'avais pris l'allée des cyprès, machinalement. Je marchais très lentement, pour échauffer ma jambe. Et soudain j'entendis, non loin de moi, une discussion qui paraissait vive. Je reconnus d'abord la voix de Jonquière. Il disait quelque chose comme : « Ça ne se passera pas comme ça ! » Mais je n'en suis pas certain. Puis j'aperçus sa tête, au-dessus d'une haie. Il est très grand et c'était amusant de voir sa tête, cette tête furieuse, se déplacer le long de la muraille verte comme si, par-dessous, elle avait été manœuvrée par un metteur en scène facétieux. Un second personnage, que je ne voyais pas, lui donnait la réplique. Une voix de femme. Celle de Mme Rouvre. Je n'en fus pas tellement surpris. J'étais sûr qu'il y avait un secret entre eux. J'entendis distinctement Mme Rouvre qui s'écriait :

— Fais attention. Ne me pousse pas à bout.

Ensuite, il y eut un chuchotement rapide ; puis, à nouveau, la voix de Lucile :

— Tu verras si je n'en suis pas capable !

Là-dessus, la tête s'éloigna. Je n'osais plus bouger. Ce qui me pétrifiait, ce n'était pas la crainte d'être découvert ; où j'étais je ne risquais rien.

C'était une subite émotion, comme si je venais d'être trahi. Lucile était sa maîtresse ! Il n'y avait pas à s'y tromper. Le ton des voix, le tutoiement... Il aurait fallu être faible d'esprit pour douter.

Le gravier grinça. Mme Rouvre repartait pour la maison, après son rendez-vous tumultueux. Je continuai ma promenade, ne sachant plus que penser. Une chose, cependant, était évidente : Mme Rouvre n'était pas venue par hasard aux *Hibiscus*. Elle savait qu'elle y retrouverait son amant. Et puisqu'elle n'avait pas hésité à y venir avec son mari, il fallait qu'elle fût bien amoureuse. Mais, cependant, les choses semblaient ne pas aller pour le mieux entre elle et Jonquière.

Je m'assis au fond du parc, sur mon banc préféré, pour essayer d'y voir un peu plus clair dans cet imbroglio. Y avait-il eu rupture entre eux, quelques semaines ou quelques mois auparavant ? Impossible. Jonquière était aux *Hibiscus* depuis plusieurs années. Oui, mais il allait et venait librement, comme d'ailleurs chacun de nous. Il pouvait donc rencontrer Lucile hors de la pension, quand il lui plaisait. Qui me prouvait que Lucile ne faisait pas fréquemment le voyage depuis Paris ? Non, il y avait dans mes suppositions quelque chose qui ne collait pas. Voyons les faits : le ménage Rouvre choisit *Les Hibiscus* comme maison de retraite, ce qui suppose de longues réflexions, une espèce d'enquête préliminaire portant sur le choix de la ville, le confort de la maison, etc.

En outre, entre Jonquière et Mme Rouvre, il existe un lien qui autorise le tutoiement mais qui ne peut ouvertement s'avouer puisqu'ils font semblant de ne pas se connaître. Enfin, Jonquière a pris un ton menaçant dès qu'il s'est cru seul avec Lucile. J'aperçois bien une solution... elle s'est précisée tout au long de la journée... elle est bien romanesque, mais tant pis, j'en prends note tout de suite, quitte à la retoucher plus tard. Mme Rouvre a été sa maîtresse, d'où le tutoiement, mais il a rompu quand il est venu s'installer aux *Hibiscus*. Et c'est elle qui n'a cessé de le relancer, pour finir par le rejoindre ici, d'où le mouvement de colère qu'il a su admirablement réprimer quand Mlle de Saint-Mémin a procédé aux présentations. Et j'explique du même coup pourquoi Jonquière n'assiste plus à tous les repas, pourquoi il prend un air lointain et parfois excédé. J'explique aussi pourquoi Mme Rouvre a les yeux rouges. J'explique les phrases saisies au vol : « Ça ne se passera pas comme ça. » Et l'autre phrase : « Ne me pousse pas à bout », qui exprime si bien la rancune d'une femme qui se sent définitivement écartée. J'explique tout. Oui, je vois très bien Lucile en femme délaissée. Il me semble que c'est entre elle et moi que vient de se livrer la dernière bataille.

Mais je n'ai pas fini de me remémorer cette journée si fertile en incidents. Je n'en suis qu'au début. Jonquière ne parut pas au déjeuner, ce qui ne fit que confirmer mes soupçons. Vilbert, de mauvaise humeur, avait négligé de brancher son appareil. Comme les guerriers d'Homère, il s'était retiré sous sa tente. Pourquoi me boudait-il ? Mystère. Peut-être m'en voulait-il d'être moins avancé que moi dans les bonnes grâces de notre voisine ?

Peu après le déjeuner, Mlle de Saint-Mémin me fit savoir qu'elle serait heureuse d'avoir un entretien avec moi. Toujours cérémonieuse, Mlle de Saint-Mémin. Un personnage de Proust, mais obligé de gagner sa vie. Je me rendis à son bureau. Petite pièce un peu étouffante malgré la climatisation. On n'a pas lésiné sur l'espace accordé aux pensionnaires, mais, à elle, on a mesuré la place. Ne pas oublier que la maison appartient à une société anonyme qui l'exploite férocement. Je connais cela. Donc, elle s'informe de ma santé, puis prend un air mystérieux.

— Je voudrais vous poser une question, monsieur Herboise. Est-ce que M. Jonquière vous a fait part de son intention de nous quitter ?

Ah ! Ah ! Nous y sommes ! Jonquière bat en retraite devant Mme Rouvre.

— Je n'ai nullement l'intention de m'immiscer dans sa vie privée, continue Mlle de Saint-Mémin. J'aimerais simplement savoir s'il a des griefs contre la maison. Il aurait pu formuler devant vous certaines critiques, et les critiques, je suis toujours prête à les entendre, à en tenir compte.

— Non, je vous assure. J'ai l'impression, au contraire, que M. Jonquière n'a aucune plainte à formuler.

— Alors, pourquoi désire-t-il s'en aller ? Et pour aller où ? Au *Val Fleuri !* Vous a-t-il parlé du *Val Fleuri ?*

— Non. Je ne sais même pas ce que c'est que le *Val Fleuri.*

— C'est une maison concurrente qui vient d'ouvrir. Bien située, sur les hauteurs de Saint-Raphaël. Mais enfin, elle n'est pas mieux que la nôtre. Elle est même plus chère, à confort égal.

— Eh bien, je n'étais au courant de rien. Et M. Jonquière aurait l'intention de partir bientôt ?

— Il ne m'a indiqué aucune date. Il ne m'a donné aucune raison. Vous savez comme il est.

— Cachottier, je sais. Mais nous le sommes tous.

— C'est bien ennuyeux, reprit-elle. Jamais encore personne n'a quitté *Les Hibiscus* de son plein gré. Les malades vont en clinique, bien sûr. Mais ils nous reviennent, ou bien alors... (geste d'impuissance). Mais ça, c'est notre sort à tous. Je me demande quel effet produira ce départ.

Elle se pencha vers moi.

— Si je vous disais, monsieur Herboise, que j'en suis malade. Est-ce que vous ne pourriez pas intervenir... discrètement... pour le faire changer d'avis... Il s'agit peut-être d'un simple caprice. Le *Val Fleuri* se livre à une publicité tellement indécente ! Vous me rendriez un grand service, monsieur Herboise.

Je comprenais parfaitement ses craintes mais je ne me sentais pas chaud pour accepter ce rôle de médiateur. Moi qui avais songé le premier à quitter *Les Hibiscus,* et de quelle manière !... Si Jonquière souhaitait s'en aller, c'était son affaire.

— Pourquoi ne vous adressez-vous pas à M. Vilbert ? demandai-je. Il est peut-être mieux renseigné que moi.

— M. Vilbert ! Vous n'y pensez pas. Pour qu'il aille mettre toute la maison au courant. Ce n'est pas qu'il soit méchant, mais il adore les cancans. Vous avez bien dû vous en apercevoir. Et il peut être dangereux, à l'occasion. Il a failli déjà nous causer une histoire, l'année dernière. Promettez-moi d'essayer, monsieur Herboise.

Je promis, et passai un après-midi abominable. Impossible d'attaquer Jonquière de front. Du premier coup, il me percerait à jour et comprendrait que je savais la vérité sur lui et Mme Rouvre. Peut-être même s'imaginerait-il que Mme Rouvre m'avait chargé de cette démarche. Ce serait intolérable. Alors, quel biais trouver ? Je ne pouvais pas faire état d'un bruit qui courait puisque Jonquière n'avait confié son projet qu'à Mlle de Saint-Mémin. De toute façon, j'allais au-devant d'une rebuffade et je n'aimais pas du tout cela.

Et soudain il fut six heures. Je n'avais pas senti — pour la première fois depuis des mois — le temps me détruire. Il s'était écoulé exactement comme il le faisait autrefois, quand je m'occupais d'une affaire difficile. Au lieu d'avoir duré, j'avais vécu. Et c'était une impression si neuve que pendant un instant j'éprouvai comme une surprise émerveillée. Je n'étais certainement pas guéri. Mais les pensées qui m'avaient tracassé pendant des heures avaient agi comme un tranquillisant. La vieille douleur sourde qui me tenaillait avait provisoirement disparu. Je puisai dans ce sentiment de bien-être une énergie nouvelle. Je parlerais à Jonquière, puisque cela faisait partie du traitement qui était en train de si bien me réussir.

Le dîner nous réunit tous les quatre. Mme Rouvre, soigneusement fardée, ne paraissait nullement troublée par la scène que j'avais surprise. Souriante, parfaitement maîtresse d'elle-même, elle s'adressait à chacun de nous avec l'aisance et le naturel d'une femme habituée à recevoir. Et soudain ce fut l'incident. A Vilbert qui lui demandait des nouvelles de son mari, elle répondit qu'il commençait à s'habituer et qu'il se félicitait d'être aux *Hibiscus.*

— Il doit bien s'ennuyer un peu, dit Jonquière.

— Pas du tout.

— Il serait bien le seul.

Et il me regarda comme s'il me prenait à témoin de la mauvaise foi de Mme Rouvre.

— Demandez à Herboise s'il s'amuse, ici, ajouta-t-il.

Je me rebiffai. Comment avait-il deviné que j'étouffais d'ennui.

— Permettez. Je...

Mais il me coupa la parole.

— On est enfant, c'est l'internat. On est jeune, c'est la caserne. On est adulte, c'est le mariage. On est vieux, c'est la maison de retraite. De l'air ! De l'air !

Il se leva, porta la main à son front comme s'il se sentait étourdi.

— Excusez-moi, dit-il.

Et il se dirigea vers le hall. Je ramassai sa serviette qu'il avait laissée tomber.

— Mais qu'est-ce qu'il a ? fit Vilbert. Il faut qu'il soit souffrant pour s'en aller juste après le potage, lui qui a un si solide appétit.

— Moi, j'ai l'impression qu'il était en colère, observa Mme Rouvre.

Pas la moindre fausse note. Elle jouait l'indifférence polie avec une maîtrise que j'admirai.

— C'est peut-être une crise de neurasthénie, dis-je. Ou plutôt une petite attaque d'idées noires. Cela nous arrive à tous, de temps en temps. Il suffit d'une contrariété.

Ce mot aurait dû la mettre dans l'embarras. J'attendis... je ne sais pas... un battement de paupières, une crispation des lèvres. Rien.

— Herboise a raison, dit Vilbert. Il y a forcément des jours où l'on sent le poids de l'âge. Mais on se contient, que diable ! Tenez, moi, par exemple, je prétends...

Il était remonté. Il n'y avait plus qu'à l'écouter, en hochant de temps en temps la tête quand il quêtait une approbation. Il ennuyait visiblement Mme Rouvre. Et pourtant, elle souriait, semblait l'encourager à continuer. Peut-être, derrière ce masque d'amabilité, bouillait-elle d'impatience. La duplicité féminine, je la voyais à l'œuvre. Je la prenais sur le fait. Moi qui me suis demandé pendant si longtemps, qui me demande encore, d'ailleurs, comment Arlette s'y est prise pour me dissimuler jusqu'à la fin ses vrais sentiments... eh bien, voilà... elle se cachait derrière ce sourire qui donne si bien le change, qui vous donne l'impression que vous êtes intelligent, que vous plaisez. Et ce malheureux idiot de Vilbert déployait toutes ses grâces séniles. Le veuf était en train de reverdir. Bientôt, il serait amoureux.

A mon tour, j'eus envie de crier : De l'air ! De l'air ! Mais je ne voulais pas paraître grossier. J'attendis que Mme Rouvre jugeât opportun de se retirer pour l'imiter sans brusquer Vilbert.

— Quelle femme charmante, fit-il. Il faut être un rustre comme Jonquière pour ne pas s'en apercevoir.

« Mon pauvre vieux, pensai-je. Il y a belle lurette que Jonquière sait à quoi s'en tenir ! »

Au moment d'entrer dans ma chambre, je me ravisai. Jonquière ne pourrait pas se fâcher si je m'informais, maintenant, de sa santé. L'occasion que j'avais cherchée tout l'après-midi, son brusque éclat du dîner me la fournissait. Et, d'un propos sur l'autre, je pourrais peut-être causer avec lui à cœur ouvert et apprendre pourquoi il souhaitait partir. J'allai donc frapper à sa porte. Pas de réponse.

— Vous cherchez M. Jonquière ? me dit la femme de chambre qui passait d'un appartement à l'autre pour fermer les volets et préparer les lits. Je l'ai vu qui montait au solarium.

Encore mieux. Ainsi, je n'aurais pas l'air d'avoir désiré l'entretien. Je pris l'ascenseur et débouchai sur la terrasse. Jonquière était assis dans l'angle le plus éloigné et fumait un cigare, le coude appuyé sur le garde-fou.

— Oh ! pardon ! dis-je. Je croyais qu'il n'y avait personne. Je ne vous dérange pas ?

— Mais pas du tout.

Il semblait détendu et affable. Je choisis une chaise longue et m'installai près de lui. Le crépuscule était solennel et royal, propice aux confidences.

— Vous n'étiez pas souffrant, tout à l'heure ? Vous nous avez inquiétés.

— Ça ne vaut pas la peine d'en parler. Un petit coup de cafard. Vous n'êtes encore qu'un bleu parmi nous. Vous ne pouvez pas vous rendre compte. Moi, je suis ici depuis sept ans. Eh bien, au bout de sept ans, à force de voir les mêmes gueules, d'entendre les mêmes conneries, on finit par étouffer. Vous verrez.

Je saisis la balle au bond.

— Je comprends. Et même je vais vous faire un aveu. Depuis que j'ai pris ma retraite, j'ai changé plusieurs fois d'établissement. Je n'arrive pas à me fixer. Je ne suis pas mal, ici, mais je ne suis pas sûr de rester. Cela entre nous, bien entendu.

Il semblait très intéressé. Je poussai donc mon avantage.

— Et puis, il y a des choses qui ne me plaisent pas. Par exemple, cette intrusion de Mme Rouvre à notre table. On serait au wagon-restaurant, bon. Normal. Mais ici !

Jonquière ne mordit pas à l'hameçon. Il jeta son cigare à demi fumé par-dessus la balustrade. J'entendis le choc sec du mégot sur le ciment, trois étages plus bas. Il y eut un silence assez long, puis il murmura pour lui-même.

— Où aller pour avoir la paix ?

Il repoussa ses lunettes sur le haut de son front et se massa les yeux, pensivement. Enfin, il revint rôder autour de l'appât.

— Vous feriez encore une fois l'effort de partir ? dit-il. Moi, ce serait au-dessus de mes forces. Je pense qu'on devient lâche, en vieillissant. Faire des paquets, emballer, déballer... et puis tous ces gens à qui il faudrait serrer la main, au dernier moment... et puis les explications qu'il faudrait donner... C'est tout ça qui me retient... C'est moins fatigant de rester. Et pourtant...

La nuit montait lentement vers nous. Il se fouilla et sortit d'un étui un cigare qu'il alluma respectueusement. Il m'agaçait avec sa liturgie du parfait fumeur. Il posa son étui et sa boîte d'allumettes sur la table, près de lui, ce qui montrait qu'il avait l'intention de passer sur la terrasse une heure ou deux.

— Et pourtant, reprit-il, j'ai souvent envie de prendre mes cliques et mes claques et bonsoir la compagnie. J'ai bien le sentiment qu'en chacun de nous, passé le cap des soixante-quinze ans, il y a, à la fois, un fugueur et un infirme. En pensée, on file, on est ailleurs ; mais la carcasse ne suit plus. Elle se sent bien, à l'attache. Vous ne croyez pas ?

— Cela me paraît assez juste, dis-je. Mais chez moi, le fugueur l'emporte sur l'autre. C'est pourquoi je prends toujours des renseignements sur toutes les maisons de retraite de la région que j'ai l'intention d'habiter. J'aurais aimé être une de ces bêtes dont les terriers ont plusieurs entrées.

Il rit, mais le bougre ne se laissait pas entraîner sur le terrain des confidences. Et moi, j'avais peur de me découvrir.

— Le malheur, dis-je, c'est que les maisons de la classe de celle-ci sont très rares. On construit des asiles, des mouroirs pour économiquement faibles. Mais on ne pense guère à ceux qui ont les moyens de se prolonger longtemps. Les très riches n'ont pas besoin de maisons de retraite. Les fonctionnaires ont les leurs, où ils vivent entre eux. Les artistes aussi. Et nous, alors? Où devons-nous aller? Ici, sur trente kilomètres de côte qu'est-ce que nous trouvons? *Les Hibiscus* et puis cette nouvelle maison qui vient d'ouvrir : *Le Vallon des fleurs.*

— *Le Val fleuri,* rectifia-t-il aussitôt.

— Vous connaissez? demandai-je.

— Vaguement. Ce n'est d'ailleurs pas exactement une maison comme celle-ci. C'est un ensemble de petits bungalows, très bien, très confortables. Vous avez votre chez-soi bien à vous.

— Une solitude sans l'isolement, dis-je.

— Exactement. J'avoue que c'est séduisant. Entre nous, j'hésite.

Je n'oubliais pas la mission dont Mlle de Saint-Mémin m'avait chargé. Puisque j'avais amené, non sans peine, Jonquière sur le terrain que j'avais choisi, je me devais, maintenant, de le dégoûter du *Val Fleuri.* A quoi je m'employai de mon mieux. Les arguments ne me manquaient pas. *Le Val Fleuri* était trop loin d'une grande ville. Si Jonquière avait besoin d'être opéré d'urgence (cela, c'est notre terreur à tous) son transport dans une clinique qualifiée prendrait beaucoup de temps. Et le casino? Avait-il pensé au casino, où il avait ses habitudes, où on l'appelait « Monsieur Robert »? Et nous, ses amis, est-ce que nous ne lui manquerions pas? Enfin, le dépaysement serait nul. Il échangerait des palmiers pour d'autres palmiers, des mimosas et des roses pour d'autres mimosas et d'autres roses, sous un ciel immuable. Non, décidément, cela ne valait pas le coup.

— Vous avez peut-être raison, dit-il.

Tout cela s'est passé il y a moins d'une heure. Notre conversation m'est encore présente dans tous ses détails. Je crois que je l'ai convaincu. Ai-je bien agi? Ai-je eu tort? Pourquoi ai-je montré soudain tant de zèle pour sauvegarder les intérêts d'une maison qui m'est indifférente? Je l'ai fait par jeu, il me semble. Et par curiosité. Si Jonquière reste, que décidera notre belle voisine? Je me rappelle très bien sa phrase : « Tu verras si je n'en suis pas capable! » Elle bourdonne dans ma mémoire comme une rengaine. Eh bien, voyons de quoi elle sera capable!

....

9 h 30.

Françoise vient de m'apprendre la nouvelle en m'apportant mon petit déjeuner. Je suis bouleversé. Jonquière est mort. Il est tombé de la terrasse.

....

Minuit.

Quelle journée ! Mais aussi quelle agréable excitation. Je ne me réjouis certes pas de la mort de ce pauvre Jonquière. Ce que je veux noter, puisque aussi bien ce journal est celui de mes humeurs, c'est que la ruche est en émoi et que, ma foi, c'est bon l'émotion collective.

« Croyez-vous, m'a dit la vieille Mme Lambotte, en m'agrippant le bras, alors que d'habitude nous échangeons juste un salut, un pareil accident ; c'est scandaleux ! »

Ce détail donne la mesure de l'agitation qui s'est emparée de tous les pensionnaires. Déjà, circule une pétition pour obtenir des services de gérance que la balustrade bordant le solarium soit surélevée sans délai. Mlle de Saint-Mémin fait peine à voir. La police est venue. C'est le deuil et la honte. En résumé, je n'ai pas senti passer la journée. Pas question de dormir, bien entendu. Je suis bien trop énervé. Je sais — et je suis seul à savoir — que Jonquière a été tué. Reprenons :

Ce matin, Françoise m'annonce la mort de Jonquière. Son corps a été découvert de très bonne heure par le jardinier. Il gisait au pied du solarium. L'alarme est aussitôt donnée. Mlle de Saint-Mémin accourt.

— Elle n'avait même pas pris le temps de mettre sa perruque, ajoute Françoise.

Impossible de laisser le cadavre au milieu de l'allée. Blèche, qui faisait son footing matinal, est réquisitionné. Il va prévenir Clémence, pendant que Frédéric part chercher sa brouette. Et le malheureux Jonquière est conduit provisoirement dans l'étroit local qui sert de sacristie. Je passe maintenant la parole à Clémence, qui est venue faire ma piqûre avec une heure de retard.

— Vous êtes au courant, vous aussi ! attaque-t-elle. Comme si cette idiote de Françoise n'avait pu tenir sa langue ! On l'aurait appris bien assez tôt qu'il était mort !

Elle n'est pas contente et m'explique pourquoi.

— Il va falloir maintenant que je les calme. Que je coure d'un endroit à l'autre pour leur donner des soins. C'est toujours pareil dès que l'un d'entre eux vient à mourir, les maux des autres se réveillent.

— Mais qu'est-il arrivé à Jonquière ?

— Allez savoir !

— Et que dit le Dr Véran ? Depuis le temps qu'il est attaché à la maison, il nous connaît tous par cœur. Il a bien une opinion ?

— Il pense que M. Jonquière a eu un étourdissement. Sa tension n'était pas bonne. Respirant mal, il s'est appuyé à la rambarde. Mais comme il était très grand, elle ne lui arrivait même pas à mi-cuisse. Alors il a basculé. Mais ce ne sont que des suppositions.

— Et c'est arrivé quand ?

— Difficile à préciser. Vers vingt-deux ou vingt-trois heures, d'après Larsac. Vous m'excusez, monsieur Herboise ? Je n'ai pas le temps de faire la causette, ce matin. Moi aussi, j'aurais besoin de repos. Mais qui pense à moi, dans la maison ? C'est marche ou crève, comme on dit.

Ainsi, Jonquière est mort. Je ne réussis pas à

m'en convaincre. Je le vois encore allumant son cigare. Pendant combien de temps continuera-t-il, dans ma mémoire, à allumer son cigare ? Bien sûr, il a basculé. C'est la seule explication plausible. Moi qui n'en finis pas de me doucher, de me raser, de m'habiller, je me dépêche, ce matin. J'ai hâte de rejoindre le troupeau, de me mêler au chœur des lamentations. C'est en moi, à ma grande surprise, comme le premier tressaillement de la vie, depuis des mois. Je viens d'écrire : « J'ai hâte ! » J'avais oublié ce que c'est d'être pressé, de sentir courir dans son sang l'événement comme un alcool. Merci, Jonquière.

Je descends. Au salon, il y a déjà du monde, des hommes surtout, par groupes de trois ou quatre. On parle bas. Je serre des mains ; j'aperçois Vilbert, très entouré. Bientôt, je le suis moi-même. En qualité de compagnon de table du défunt, peut-être puis-je fournir des renseignements sur cette mort mystérieuse ?

— Est-ce vrai qu'il avait une forte tension ?

— Autour de 20, dis-je.

— Eh bien, mais on peut très bien vivre avec 20. Moi, j'ai 18 et je ne me suis jamais si bien porté. Il faut chercher ailleurs les causes de l'accident.

Un autre :

— Il avait l'air préoccupé, depuis quelque temps. Il devait se sentir malade. A table, il ne vous parlait pas de sa santé ?

— Non.

J'entends, au passage, quelqu'un me dire : « Son frère a été prévenu. Il doit arriver ce soir. Il paraît qu'il n'avait pas d'autre famille. »

Je sors et je me dirige vers l'endroit où l'on a trouvé le corps. Il y a là un petit cercle de curieux. Les uns reculent de quelques pas et renversent la tête pour apprécier à loisir la distance entre le solarium et le sol. Ce n'est, certes, pas vertigineux, mais il faut bien compter une douzaine de mètres. Les autres méditent sombrement en contemplant le ciment. Ils savent bien que si Jonquière a soudain perdu l'équilibre, c'est à cause d'un malaise qui porte un nom, et ce nom, c'est infarctus. Mais personne n'ose le prononcer. L'infarctus est aussi redouté, ici, que le cancer. On préfère accuser le garde-fou trop bas, ou la chaleur, ou une mauvaise digestion, ou même une imprudence... Il suffit de se pencher un peu trop... Les commentaires vont tous dans le même sens : « Moi, on ne me fera pas croire que... » « La maladie a bon dos... » « J'espère qu'on interdira l'accès à ce solarium... » Peu à peu, la colère l'emporte sur la consternation.

Vers dix heures, arrive le commissaire accompagné de deux personnages qui sont peut-être des inspecteurs. Je ne suis pas très au courant des enquêtes de police, mais je suis bien décidé, si l'on m'interroge, à ne pas révéler que je me trouvais sur la terrasse avec Jonquière un moment avant sa mort. Je serais obligé d'expliquer pourquoi et la police n'a pas besoin de savoir que Jonquière était brouillé avec Mme Rouvre, qu'il avait l'intention de quitter la Maison, et que j'étais chargé par Mlle de

Saint-Mémin de le retenir. Tout cela ne ferait que compliquer bien inutilement les choses.

Au fait, Mme Rouvre?... Est-elle très affectée par la mort soudaine de celui que je considère toujours comme son amant ? Aura-t-elle le courage de paraître au dîner ? Il sera bien intéressant d'observer son attitude.

Après un tour dans le parc, je remonte dans ma chambre et je téléphone à mon dentiste pour prendre rendez-vous. J'avais négligé une carie, quand j'avais fixé un terme à ma vie. Maintenant, je sens bien que je suis en train de m'accorder un long, un très long sursis, parce que je veux aller jusqu'au bout de « l'affaire Jonquière ». Personne ne m'appelle. Personne n'a besoin de moi. Il est probable que l'enquête tournera court, faute d'éléments, d'abord, mais aussi et surtout parce qu'il y a de trop gros intérêts en jeu. On ne va pas claironner qu'aux *Hibiscus* un pensionnaire s'est tué parce que le solarium n'offre pas toutes les garanties de sécurité. Je m'attends seulement à être convoqué dans le bureau de Mlle de Saint-Mémin, mais l'heure du déjeuner sonne et je n'ai toujours pas été appelé. J'en suis à la fois soulagé et vexé. Peut-être Vilbert, de son côté, a-t-il glané quelques nouvelles ? Il sait toujours les choses que les autres ignorent. Sourd et renseigné, voilà Vilbert !

Et cette fois encore ça ne rate pas. Il croque un comprimé quand je m'assieds en face de lui, et me glisse, d'une voix gourmande :

— Il y a du nouveau !

Suit toute une mimique : rides qui remuent, front

qui se plisse, petits hochements de tête, sourire entendu.

— On a découvert ce qui s'est passé, dit-il. C'est bien un accident. Quand on a relevé le corps, dans le premier moment d'affolement, personne n'a songé aux lunettes. C'est Clémence qui y a pensé, quand elle a été questionnée, en même temps que Blèche et le jardinier. Si Jonquière avait eu ses lunettes sur le nez, on aurait dû les retrouver, brisées ou non, à côté de lui. Or, il n'y avait pas trace de lunettes sur le ciment. On a alors fouillé sa chambre et on a fini par mettre la main dessus ; et où étaient-elles, à votre avis ?

— Dans un endroit inattendu, je suppose.

— Ah ! vous pouvez le dire. Dans sa corbeille à papier, parmi des paperasses qui avaient amorti leur chute... Ce pauvre Jonquière les a fait tomber... vous savez... il suffit d'un instant de distraction...

— On pense, reprend-il, que Jonquière a eu besoin de prendre l'air. Rappelez-vous. Il avait toujours trop chaud. Alors, vous devinez la suite : il monte, s'avance, un peu à tâtons, sur la terrasse... se heurte à la rambarde, et hop !

— C'est la version de la police ?

— C'est la version du bon sens, corrige aussitôt Vilbert. Soyons logiques !

Le conseil est donné sur un ton qui ôte toute envie d'ergoter. D'ailleurs, pourquoi soulèverais-je des objections ? L'explication est rassurante. Puisque la maladie n'est plus en cause, chacun, ici, se sentira en droit d'accuser Jonquière d'imprudence. Plus besoin de s'apitoyer. Ce qui lui est arrivé est infiniment regrettable mais il aurait dû faire attention, que diable !

— D'où tenez-vous ces renseignements ?

Vilbert me jette un regard vif, le regard du chat qui vient d'envoyer une pelote de laine sous un meuble. Il sourit et a ce mot admirable :

— J'écoute !

Inutile d'insister. J'abrège mon déjeuner et remonte dans ma chambre. C'est là que la vérité m'attend. A peine suis-je étendu sur mon lit, à peine le souvenir de Jonquière allumant son cigare me revient-il... Parbleu ! Bien sûr, il avait ses lunettes... sur le haut du front... J'en suis absolument certain. L'image est là, dans ma tête. Comme une photographie. Je m'étonne même qu'elle n'ait pas surgi plus tôt. La version de la police, demain celle des journaux, ne tient pas debout.

J'ai le visage en sueur. L'émotion !... Car ma pensée galope, galope. Elle file vers la conclusion que je repousse déjà de toutes mes forces. Je m'oblige à réfléchir méthodiquement. Selon la thèse de Vilbert, Jonquière, désireux de profiter d'un peu de fraîcheur, serait monté sur la terrasse bien qu'ayant égaré ses lunettes. Mais moi, je sais, et je suis seul à savoir que Jonquière prenait *déjà* le frais quand je suis arrivé, et qu'il portait alors ses lunettes. Il n'avait donc aucune raison, une heure plus tard, de descendre, puis de remonter. Il n'a jamais quitté le solarium. Mais il y a été rejoint par quelqu'un et, à un moment donné, on l'a poussé dans le vide.

Après... on est venu s'assurer qu'il était bien

mort et, tout simplement, parce que ses lunettes n'étaient pas brisées, on a eu l'idée de les cacher dans la corbeille à papier. C'était peut-être naïf, mais c'était efficace, puisque la police, qui était toute prête à accepter l'explication la plus simple, a immédiatement admis qu'il s'agissait d'un accident. Non. Ce n'est pas un accident. C'est un meurtre... peut-être même un assassinat, si la personne qui a poussé Jonquière a vraiment voulu le faire tomber. Quoi qu'il en soit, elle est descendue ; elle a constaté qu'il ne bougeait plus, qu'il ne respirait plus. Dès lors, à quoi bon appeler à l'aide ? Aller au-devant de complications dramatiques ? Pourquoi ne pas orienter les enquêteurs sur une fausse piste ? Justement grâce aux lunettes ?...

Et quelle est cette personne ? Je dis bien la seule qui puisse être soupçonnée ? Allons, soyons logiques, pour parler comme Vilbert : c'est Mme Rouvre. Si elle n'avait pas menacé Jonquière pour ainsi dire devant moi (« Ne me pousse pas à bout... Tu verras si je n'en suis pas capable... »), j'accepterais peut-être, moi aussi, la thèse de l'accident, faute d'en imaginer une autre, plus plausible. Mais moi, *je sais.* Et je vois la scène comme si j'en avais été le témoin. Mme Rouvre attend que son mari soit endormi et va frapper à la porte de Jonquière. Elle veut probablement avoir avec lui une explication décisive. Comme personne ne répond, elle monte au solarium. Il est là, seul. Querelle. Jonquière se lève. Sa chaise longue se trouve tout près de la balustrade. Une fois debout, il s'appuie peut-être au garde-fou. Les adversaires sont tout près l'un de l'autre. C'est le drame. Est-ce que Mme Rouvre le pousse ou bien le repousse-t-elle. Il est possible qu'il ait cherché à la prendre dans ses bras. Elle se débat, se débarrasse de lui d'une secousse. Horreur! Il n'y a plus personne. Jonquière vient de disparaître.

Pauvre femme! Elle doit absolument se taire. Sinon, la malveillance fera le reste. On chuchotera qu'elle avait rendez-vous avec Jonquière, qu'elle trompait son mari, etc. Elle s'arme de courage, traverse la maison endormie, va se pencher sur le cadavre. Elle garde assez de sang-froid pour voir tout le parti qu'elle peut tirer des lunettes miraculeusement intactes. Une femme remarquable, décidément. Je l'admire.

Je l'admire et pourtant j'aimerais assez lui faire savoir que j'ai compris, que tout le monde, dans la maison, n'est pas idiot. J'aimerais lui dire : « Vous n'avez rien à craindre de moi. Peut-être même puis-je vous aider ? » Il y a bien un peu de gloriole dans ce désir que je note pour être complètement sincère. Jamais, évidemment, il ne sera question, entre elle et moi, de cet événement. Mais je vais la regarder avec d'autres yeux, c'est inévitable. Est-ce que cela m'ennuie ? Franchement ? Non, cela m'amuserait plutôt. Comme si, à son insu, nous allions nous livrer à un subtil jeu de cache-cache.

Au dîner sa place est restée vide. Je m'y attendais. Elle doit être bouleversée. La serveuse nous apprend que M. le Président est un peu souffrant. Tu parles ! La belle excuse ! Elle ne se sent pas assez forte pour affronter la curiosité toujours aux aguets de Vilbert. Et la mienne !

Vilbert m'apprend que le frère de Jonquière est arrivé en avion. Les obsèques auront lieu après-demain. La salle à manger est bruyante comme à l'ordinaire. La mort de Jonquière, clairement expliquée, fait désormais partie des choses qu'on préfère oublier.

Il est près de minuit. Pour la première fois depuis bien longtemps je me sens physiquement fatigué, comme si j'avais fourni un effort soutenu. Saine fatigue d'émotion que j'accepte avec joie. Avant d'aller me coucher, encore un petit commentaire. Naturellement, il n'est pas question pour moi de révéler ce que je sais à la police. J'ai tout lieu de croire, en effet, que Mme Rouvre se défendait, que Jonquière était pour elle une menace. Enfin, c'est la raison que je me donne. Je n'en vois pas d'autres. Il ne me déplaît pas, finalement, de lui assurer la paix par mon silence.

Je n'ai pas entendu le réveil de Jonquière et c'est cela qui m'a réveillé, ce matin. En attendant l'heure du petit déjeuner, j'ai relu mes notes. Moi qui souffrais tellement de mon impuissance, voilà que je suis en train d'écrire un vrai roman. J'ai le décor, le milieu, les personnages, et, depuis hier, l'événement, la péripétie, le drame qui fait démarrer l'action. Amusant ! Malheureusement, il n'y aura pas de suite. Et j'ai bien peur d'être à nouveau la proie de mes phantasmes.

Comme j'aime à me torturer, je me suis avisé que j'ai peut-être été pour quelque chose dans la mort de Jonquière. Pesons les faits, encore une fois. Jonquière est furieux contre Mme Rouvre. Elle le dérange. Au point qu'il songe à s'établir ailleurs. J'interviens. Je lui montre qu'il a tout intérêt à demeurer aux *Hibiscus*. Il se range à mon avis. Il restera. Il est en somme le premier occupant. C'est aux Rouvre d'aller ailleurs. Et, s'il le faut, il ira le dire au président. « Emmenez votre femme ! Qu'on me laisse tranquille ! »

Survient Mme Rouvre et c'est la dispute. Si je ne m'étais pas mêlé de ses affaires, Jonquière serait vivant. Oh ! Je vois parfaitement la fragilité de mon interprétation. Mais, si elle est fausse dans le détail, je jurerais qu'en gros elle est juste. Donc, Mme Rouvre serait en droit de me faire des reproches. Nous avons beau être des étrangers l'un pour l'autre, des liens invisibles se sont tissés entre nous. Je croyais que je lui offrais mon silence. En réalité, je le lui dois. Je dirais même qu'il m'appartient de la protéger, le cas échéant. Reste à savoir si je ne bichonne pas mes scrupules, pour les rendre plus séduisants. Le neurologue qui m'a soigné ne me faisait-il pas remarquer que « je ne cessais de me regarder dans une glace et de prendre la pose ». Oui, mais je suis guéri. Ça aussi, c'est un fait !

Vu le frère de Jonquière. Coup au cœur. C'est exactement Jonquière en plus jeune. Même visage, même allure, et surtout mêmes lunettes. Il est venu pour assister à l'enterrement, bien entendu, mais aussi pour déménager les affaires de son frère. Nous avons causé un moment. Il n'a pas l'air trop affecté par la mort brutale de Jonquière. J'ai cru comprendre qu'ils ne se voyaient guère. Il est pressé de repartir mais j'ignore quelle est la nature de ses occupations. Je l'ai invité à dîner, pensant non sans quelque malice qu'il connaît peut-être Mme Rouvre. Mais il s'est excusé et d'ailleurs Mme Rouvre, je le note en passant, ne s'est pas montrée de la journée.

Ce qui m'amène à parler d'elle, car Clémence, ce matin, a été plus bavarde. Elle m'a raconté que le président souffrait terriblement de sa hanche et qu'il était d'une humeur de dogue. Commentaire de Clémence : « Je le plains, le malheureux. Je ne suis pas M.L.F. et il y a des situations qui me révoltent. »

— M. le Président, c'est bien joli, dis-je. Mais il était président de quoi ? Vous le savez ?

— De cour d'assises, si j'ai bien compris.

— Est-ce qu'il a appris la mort de Jonquière ?

— Oui. Il m'en a parlé. Il écoute la radio locale sur son transistor. J'ai eu l'impression qu'il le connaissait, mais je n'en mettrais pas ma main au feu. Ce n'est pas quelqu'un qu'on interroge.

— Et Mme Rouvre ? Pourquoi n'est-elle pas venue dîner hier soir ?

— Si vous aviez à vous occuper d'un infirme, monsieur Herboise, je ne sais pas si vous auriez envie de manger.

— Vous ne m'avez jamais dit s'ils ont des enfants ?

— Non. Mais elle reçoit du courrier de Lyon. Le concierge a vu l'adresse, au dos d'une lettre.

Madame Lemerey. C'est sans doute sa sœur. Je me renseignerai.

Je me rends compte, brusquement, que nous sommes tous observés sans cesse par d'innombrables yeux : la directrice, le concierge, le veilleur de nuit, l'infirmière, les femmes de chambre, les serveuses et d'autres encore que j'oublie. Nous sommes la seule distraction permise au personnel. Il est prudent que je cache mes notes. Je ne me méfiais pas mais qui sait si Denise, quand elle vient faire le lit et passer l'aspirateur, ne fourre pas son nez partout. Je vais dissimuler mon cahier sous mon linge, dans l'armoire dont je garderai la clef dans ma poche. A la réflexion, c'est tout de même curieux. Le personnel peut entrer à volonté dans chaque appartement grâce à un passe. Évidemment, si quelqu'un éprouve un malaise, après s'être enfermé, on doit pouvoir entrer sans fracturer la serrure. Je l'admets. Seulement, c'est une manière d'être en tutelle. Comme si chacun était sous surveillance. Et ça m'agace. Quant aux meubles dont nous disposons, ou bien ils nous appartiennent, ou bien ils sont la propriété de la maison. Mais dans les deux cas, les serrures des armoires, des secrétaires ou des commodes n'offriraient guère de résistance. Tout bonnement parce que personne n'aurait l'idée, ici, de se protéger contre le vol. Je parierais que la plupart d'entre nous ne ferment même pas leur porte à clef dans le courant de la journée. Il est entendu qu'on achète une fois pour toutes sa sécurité en venant aux *Hibiscus.* Et, de fait, je n'ai jamais entendu parler même de simples petits larcins sans importance.

Mais la curiosité est bien une sorte de vol. Et nul n'est défendu, ici, contre la curiosité. Qu'est-ce qui empêche Denise, quand j'ai le dos tourné, de fouiller mes costumes dans la penderie, de visiter les tiroirs de mon bureau ? Qu'est-ce qui l'empêcherait de dire aux autres domestiques, quand ils sont réunis dans leur réfectoire : « Herboise, vous savez, le vieux bonhomme un peu sauvage qui traîne toujours la patte, il tient une espèce de journal. Je le sais : je l'ai vu. Ce que c'est drôle ! » Il faut donc que je me cherche une cachette sûre. J'y penserai.

A la chapelle, beaucoup de monde. Le deuil, c'est notre avenir. Chacun est là pour soi. D'où un grand recueillement. J'aperçois Mme Rouvre. Elle porte un tailleur gris sombre. Est-ce que le choix de ce costume signifie quelque chose ? Il me semble qu'elle est pâle. Éprouve-t-elle du chagrin, du regret, du remords ? Va-t-elle aller au cimetière ? Parmi les couronnes qu'on accroche au fourgon mortuaire, j'en cherche vainement une qui serait la sienne, qui manifesterait une dernière émotion.

Cérémonie des condoléances. Le frère est impassible. Un petit mouvement de la tête pour chacun. Il fait très ordonnateur des Pompes funèbres. Et puis la foule se disperse dans les allées du parc. On commence à jacasser dès qu'on est à distance décente. C'est comme la récréation après un cours ennuyeux.

Mme Rouvre a disparu. Rares sont les fidèles qui vont accompagner Jonquière au cimetière. Nous y montons en voiture. Il fait très chaud. Le frère, qui n'est pas habitué à un soleil si violent, tient son chapeau en écran devant sa nuque. Mlle de Saint-Mémin, près de moi, remue les lèvres. Le général s'éponge le front et songe sans doute à la fraîcheur du petit bistrot où il ira se réconforter tout à l'heure. Quant à Vilbert, il s'agite sans cesse. Il se gratte. Il se balance d'un pied sur l'autre. Il a envie d'être ailleurs. S'il est venu, c'est parce qu'il ne pouvait vraiment pas faire autrement.

Enfin, tout est terminé. Nous nous retrouvons devant la porte du cimetière. Le frère de Jonquière nous remercie froidement et monte dans la Citroën de Mlle de Saint-Mémin.

— Vous n'allez pas redescendre à pied, nous dit-elle.

Et s'adressant au général :

— Venez ! Soyez raisonnable. Cette chaleur est mauvaise pour vous.

Il nous regarde d'un air navré et s'installe en rechignant dans la voiture.

— Herboise et moi, nous avons à parler, dit Vilbert. Ne nous attendez pas.

La voiture s'éloigne. Je me tourne vers lui.

— Vous avez quelque chose à me dire ?... Dans ce cas, je vous propose un rafraîchissement. Il y a un petit café, là-bas.

— Surtout pas, s'écrie-t-il. Je ne dois pas boire glacé. Mais ça ne nous fera pas de mal de marcher un peu. Je vous observe, Herboise, et je vous affirme que vous ne marchez pas assez.

Petit développement didactique sur les bienfaits de la marche. Je l'interromps avec humeur.

— Qu'est-ce que vous vouliez me dire ?

— Ah oui ! C'est au sujet de Mme Rouvre. Vous ne vous êtes pas demandé pourquoi elle ne nous a pas accompagnés au cimetière ?

— Si, bien sûr !

— Une femme aussi bien élevée. Invitée à notre table. Il lui fallait une raison bien forte.

— Vous la connaissez, vous, cette raison ?

Mais Vilbert n'a pas l'habitude de répondre directement aux questions qu'on lui pose. Il prend son air le plus malin et continue :

— Hier, j'ai lu, dans la rubrique nécrologique de *Nice Matin,* l'avis de décès de Jonquière. Ses titres étaient énumérés et l'un deux m'a fait tiquer : *Ingénieur des Arts et Métiers.* Or, vous vous rappelez, il nous a toujours raconté qu'il sortait de *Centrale.*

— Il aurait menti ?

— Attendez ! J'ai voulu en avoir le cœur net. Il n'y avait qu'à consulter le *Who's Who.* J'ai donc rendu visite à mon notaire, chez qui j'étais sûr de trouver le livre... et j'ai découvert le pot aux roses.

— Jonquière était bien ingénieur des *Arts et Métiers ?*

— Oui. Son histoire de *Centrale,* c'était de la blague. Mais j'ai lu aussi qu'il avait épousé en 1935 une demoiselle Vauquois, et qu'il avait divorcé en 1945.

— Lucile ?

— Attendez, que diable ! Pendant que j'y étais, j'ai cherché également Rouvre. Longue notice. Je vous signale en passant qu'il a été président de cour d'assises. Il a épousé en 1948 une certaine Lucile Vauquois.

— Mme Rouvre serait l'ancienne femme de Jonquière.

— Eh oui !

La nouvelle me stupéfia et en même temps j'éprouvais comme un immense soulagement. Lucile n'était pas, n'avait jamais été la maîtresse de Jonquière. C'était tellement mieux ainsi ! En revanche toutes mes hypothèses étaient à revoir. Certes, il y avait bien eu entre eux une violente querelle, mais pour quels motifs ?

— Avouez qu'elle ne manque pas de sang-froid, reprend Vilbert. Malin qui aurait deviné que Jonquière n'était pas un inconnu pour elle. Il est vrai que si vous regardez ces dates... Divorcée en 1945... Cela fait plus de trente ans. On a le temps, en trente ans, d'oublier un homme !

Il rit. De ce rire voltairien, haut perché, qui m'énerve tellement.

— Jonquière, lui, ne semblait pas l'avoir oubliée, reprit-il. Et quelle coïncidence ! Il meurt quelques jours à peine après l'arrivée de son ancienne femme.

— Quel rapport ?

— Aucun, conclut-il précipitamment.

Nous atteignons l'arrêt du bus.

— Vous n'allez pas plus loin ? dit Vilbert. Vous ne marchez pas assez. Voyez, moi, je continue à pied. Un peu d'exercice, ça ne fait pas de mal. Croyez-moi. A ce soir.

Il retient ma main dans la sienne et ajoute en confidence :

— Elle daignera peut-être se joindre à nous !

Gloussement de joie. Ce qu'il peut avoir l'air faux jeton, parfois ! Qu'elle nous rejoigne à table ou non, qu'est-ce que ça peut me faire ? Je monte dans le bus et je suis si distrait que je laisse passer la station des *Hibiscus* sans m'en apercevoir. Je rebrousse chemin, furieux contre moi. Elle a été la femme de Jonquière, bon, ce n'est pas la peine d'épiloguer à perte de vue. Je dirais même qu'elle a eu le droit de le pousser dans le vide. Enfin, je m'entends ! Il ne faut pas voir là le geste d'une passion malheureuse, mais le dernier épisode d'une longue haine conjugale brusquement rallumée.

J'essaye de penser à autre chose. Impossible. Je vais, je viens dans ma chambre. Tout compte fait, j'aurais peut-être préféré qu'elle fût sa maîtresse. Je l'aurais mieux vue dans un rôle de femme désespérée que dans celui d'une épouse ulcérée et vindicative.

... Et alors, il s'est produit quelque chose de tout à fait inattendu. Je m'étais assis dans le fauteuil, pour mieux réfléchir. Je me suis endormi profondément. Si profondément que je n'en ai pas cru mes yeux quand j'ai regardé ma montre. Huit heures et quart. Pour un peu, je laissais passer l'heure du dîner.

Je me suis habillé rapidement et je suis sorti. Deuxième surprise, et de taille ! Il y avait quelqu'un dans le couloir. Je l'identifiai tout de suite. Le président ! C'était forcément lui, ce vieil homme, en robe de chambre, courbé sur ses cannes qu'il mouvait avec lenteur, comme un grand primate prenant appui sur ses bras raidis. Il me tournait le dos. Je reculai d'un pas, me dissimulant dans l'encoignure. Il se dirigeait vers son appartement. D'où venait-il ? Peut-être avait-il l'habitude, quand tous les pensionnaires étaient dans la salle à manger, de marcher un peu sans témoin, pour se donner l'illusion d'être libre. Sa femme était-elle au courant de ces brèves sorties ? Ou bien s'agissait-il de promenades clandestines ?

Il disparut. J'attendis encore un instant puis je longeai le couloir désert et silencieux et entrai dans l'ascenseur. Mme Rouvre avait repris sa place à table. Je la saluai un peu froidement et dépliai ma serviette, tout en la détaillant du coin de l'œil. Elle portait une courte veste brune et une jupe à petits plis. L'ensemble était très élégant et me parut presque frivole, pour une personne dont l'ancien mari venait à peine d'être enterré.

La conversation engagée entre Vilbert et celle que j'appelais déjà, intérieurement, la veuve, avait de quoi surprendre. Vilbert parlait du prix des tombes.

— Si vous achetez une concession dans le nouveau cimetière, expliquait-il, vous faites un véritable placement. Le prix du terrain va augmenter considérablement. Moi, j'ai choisi un endroit très convenable, et le marbrier ne m'a pas écorché. Une belle pierre toute simple : une inscription gravée... Eh bien, savez-vous combien j'ai payé le tout?

— Si on parlait d'autre chose, dis-je.

— Est-ce que je vous choque? demanda Vilbert à Mme Rouvre.

— Non, pas du tout, répondit-elle. Je comprends qu'on prenne ses dispositions longtemps à l'avance.

— Surtout quand on ne laisse pratiquement personne derrière soi, comme c'est mon cas, observa Vilbert. Et, au fond, quoi de plus normal que de marquer sa place là-haut, quand on vient s'établir aux *Hibiscus?* Ce n'est pas ça qui hâte votre fin et on est plus tranquille, vous ne trouvez pas.

— Moi, je ne trouve pas, dis-je sèchement.

— Ah! Excusez-moi.

Il débrancha son appareil acoustique et commença à déverser dans son verre le contenu d'une ampoule, puis une poudre blanche.

— Je crois que je l'ai vexé, murmurai-je.

— Chut! fit-elle en souriant.

— N'ayez pas peur. Il ne nous entend plus. Ce n'est pas le tact qui l'étouffe, l'animal. Remarquez, il a raison. Je crois, comme lui, qu'il vaut mieux prendre ses précautions et disposer de soi jusqu'au bout... C'est plus correct. Mais il n'était pas nécessaire d'aborder ce sujet aujourd'hui.

Vilbert essayait de casser en deux un minuscule comprimé. Il avait déjà envahi, avec ses boîtes, ses tubes et ses flacons, la place de Jonquière. Il travaillait avec une application qui faisait trembler ses vieilles mains noueuses.

— Donnez, dit Mme Rouvre. J'ai l'habitude.

Elle prit le comprimé.

— Attention, dit Vilbert. Je ne dois pas dépasser, en principe, la dose prescrite... Merci.

Il absorba ses remèdes, se leva, nous adressa un bref signe de la tête, et se dirigea vers le salon.

— Drôle de bonhomme, dit Mme Rouvre. Un peu inquiétant, non ?

— Surtout très susceptible. Il se sent perpétuellement offensé... Voulez-vous accepter une tasse de café ? Le soir, ce n'est peut-être pas très indiqué...

— Oh ! Cela ne me gêne pas du tout. Au contraire.

Je rapporte tous ces propos par le menu, non qu'ils aient la moindre importance mais il me semble qu'ils restituent bien l'ambiance de cette bizarre soirée. La première soirée de confiance et dans une certaine mesure d'abandon, entre elle et moi. Abandon est excessif, d'ailleurs. A vrai dire, je ne sais comment la caractériser. Proximité serait plus juste. Elle avait renoncé à cette attitude d'amabilité appliquée qui était la plus infranchissable des barrières. Elle se laissait voir, en quelque sorte. D'elle-même, elle m'expliqua que si elle n'était pas opposée à une tasse de café, après le dîner, c'était parce qu'elle faisait la lecture à son mari.

— Et qu'est-ce que vous lui lisez ? Des romans ?

— Oh non ! Pensez-vous ! Surtout des essais... En ce moment, je lui lis : *Quand la Chine s'éveillera.* Ça l'intéresse beaucoup.

— Et vous ?

Elle me jeta un coup d'œil malicieux.

— Beaucoup moins !

— Il a les yeux fatigués ?

Elle prit son temps avant de répondre.

— Non. Ce n'est pas cela... Je ne devrais pas le dire, mais...

— Vous pouvez parler sans crainte.

— Eh bien, il croit sincèrement que ces lectures sont une distraction pour moi aussi. Il veut bien que je prenne de la distraction... mais en sa compagnie. Il faut le comprendre... Sa maladie est une épreuve terrible pour lui.

— Et pour vous ?

La question m'avait échappé. Elle la laissa sans réponse.

— J'imagine sans peine votre situation, continuai-je. Mais enfin, vous pouvez sortir. Vous n'êtes pas tenue de rester tout le temps...

Elle m'interrompit.

— Non. Bien sûr. Qu'allez-vous penser ? J'ai mes permissions de détente.

Elle avait choisi le ton du badinage et je fis semblant d'entrer dans son jeu.

— Je vois. Les commissions... les courses...

— Exactement. Une femme a toujours quelque chose à acheter. Oh ! Je ne m'absente jamais bien longtemps.

— Qu'est-ce que vous craignez ? En cas de besoin, M. Rouvre sonnerait Clémence ou la femme de chambre.

— Oui... oui... bien sûr. Mais je redoute son imprudence. Quand je ne suis pas là, il perd vite patience. Alors, au lieu de rester bien tranquillement dans son fauteuil, il essaye de marcher... si on peut appeler ça marcher... et il risque de tomber. Je sais qu'il ne pourrait pas se relever tout seul. C'est un véritable enfant, vous savez, et parce qu'il se sent faible et dépendant, il est encore plus autoritaire et coléreux.

Je rêvais un peu. J'imaginais Rouvre clopinant le long du couloir jusqu'à l'ascenseur, puis prenant pied sur la terrasse où il se trouvait face à face avec Jonquière. Mais il aurait fallu qu'il descende, ensuite, ramasser les lunettes. Et puis, d'abord, si tard dans la soirée, comment aurait-il échappe à la surveillance de sa femme. C'était absurde !

— Je voudrais vous être utile, dis-je. Si vous me présentiez à votre mari, par exemple, je pourrais peut-être, de temps en temps, lui tenir compagnie pendant que vous iriez vous promener sans regarder l'heure.

Au même instant, je pensais : « Qu'est-ce qui te prend, vieil imbécile ? Tu as bonne mine, avec ta gueule de saint-bernard mité. Laisse tomber ! »

— Non, non, dit-elle vivement, à mon grand soulagement. Vous êtes gentil et je ne voudrais à aucun prix vous exposer à des rebuffades. Si vous saviez comme il est jaloux et possessif.

Elle ouvrit son sac et se repoudra rapidement. Son geste me frappa au cœur, tellement il me rappelait soudain Arlette. Moi aussi, j'avais été jaloux et possessif, à mon insu. Mais je n'avais plus personne à tourmenter. Bourreau sans clientèle ! Je réprimai une subite envie de rire et me levai.

— Eh bien, bonsoir, chère Madame. Et sans doute à demain soir.

— Je l'espère.

Je voudrais bien savoir, maintenant, pourquoi je suis si agité et si plein de rancune. Et en même temps plutôt satisfait. Je n'avais pas osé orienter la conversation sur Jonquière. Se serait-elle troublée ? La vérité, c'est que je ne tenais pas à le savoir. La vérité, c'est que j'étais obligé de me faire violence pour la croire coupable. Et puis, quoi, je le dis : j'ai passé une soirée agréable.

Journée vide ! Quand j'étais gosse, ma grand-mère disait : « Tu ne sais pas quoi faire de ta peau ! » C'est encore plus vrai maintenant. Ma défroque pèse lourd. Je suis descendu en ville. Quand Lucile va effectuer ses achats, quels magasins fréquente-t-elle ? J'ai parcouru les allées d'un Prisunic. J'ai flâné devant des boutiques de mode. Je cherche quoi ? A la rencontrer ? A l'accompagner un bout de chemin, comme un gamin avec sa bonne amie ? Non, quand même ! Lucile ne m'intéresse pas. Que cela soit bien entendu. Ou du moins elle ne m'intéresserait que si j'étais bien sûr qu'elle a tué Jonquière. Et tantôt j'en suis sûr et la vie a du goût. Et tantôt je n'en suis pas sûr et la vie me paraît sinistre. Alors je recommence mentalement mon enquête, je me refais une certitude ; je m'y accroche. Ce qui me gêne, c'est uniquement la maîtrise de soi, le calme de Lucile. Je la trouve un peu monstrueuse et elle me fait un peu peur. Mais elle est bien obligée de se contrôler à l'extrême à cause du président.

Je n'avais pas encore pensé à cet aspect du problème et pourtant il est essentiel : ne pas oublier que le président est un juge. Combien de coupables a-t-il interrogés au cours de sa carrière ? Par profession, par habitude, il a un œil inquisiteur et méfiant. Pauvre femme, contrainte de sourire, de feindre, sans jamais baisser sa garde. Ce doit être affreux. Et soudain une difficulté a surgi devant moi. Une difficulté de taille. « L'accident » de Jonquière est survenu vers dix/onze heures du soir. Mais, à ce moment-là, Lucile était en train de lire *Quand la Chine s'éveillera*. Et même si elle avait cessé de lire, comment avait-elle pu sortir de l'appartement sans que son mari s'en aperçût ? Est-ce que le président usait de somnifère ? Demain matin, j'interrogerai Clémence.

Dix heures.

Me voilà rassuré. Je note vite ce qu'elle m'a dit. Les Rouvre disposent de trois pièces : une chambre, un salon-bureau-living et une petite cuisine, plus, naturellement, un cabinet de toilette. Le président dort dans la chambre, seul. Le lit de milieu, très large, lui est réservé. Il souffre beaucoup, même la nuit, et il ne veut personne près de lui. Sa femme couche dans la pièce voisine, sur un canapé transformable.

— Est-ce qu'il prend quelque chose pour dormir ?

— Oui. Plusieurs comprimés. A mon avis, la dose est trop forte. Mais il n'en fait qu'à sa tête.

— Et à quelle heure s'endort-il ?

— Je ne sais pas au juste. Assez tôt, je pense. Mais pourquoi me demandez-vous tout ça ?

— Parce que je suis moi-même insomniaque. Je ne vous apprends rien. Alors, j'aime bien me renseigner sur mes confrères en insomnie. J'espère toujours qu'ils ont des trucs pour apprivoiser le sommeil.

Tout s'expliquerait donc aisément. Quand le président est endormi, Lucile ferme la porte de communication et elle peut aller et venir à sa guise. En somme, la nuit lui appartient. Elle voudrait sortir, aller au cinéma, par exemple, ou tout simplement se promener à la fraîche, rien de plus facile. Pas besoin même de passer par l'entrée principale. Il suffit de traverser la courette réservée au service. Nous pourrions nous retrouver dehors. Je plaisante. J'essaye, parfois, des pensées frivoles exactement comme j'essayerais des travestis, pour donner une pâture à mon imagination. Je n'ai qu'elle pour me distraire !

Ce soir, pas de Vilbert. Il paraît que son ulcère le taraude. Je dîne en tête à tête avec Lucile, et tout d'abord nous sommes un peu gênés, comme si nous avions osé nous donner rendez-vous sous les yeux de toute la salle à manger. Échange banal : « Comment va M. Rouvre ? »... « Comment va votre sciatique ? » Je parle de mon mal avec une insouciance bien imitée pour qu'elle n'aille pas me ranger dans la catégorie des impotents. Et puis, par je ne sais plus quel biais imprévu, la conversation dérive vers la bibliothèque des *Hibiscus*.

— Il est vrai qu'elle est bien mal montée, dit-elle.

— Je vous avais prévenue. Ce qui nous manque, c'est une personne de bonne volonté qui se chargerait de l'organiser sérieusement. Mais ici, on ne lit guère. J'ai failli me dévouer et j'ai bien vite renoncé, sans doute par paresse et par égoïsme.

— Je n'en crois rien. Vous n'êtes certainement pas égoïste.

— Vous verrez, quand vous me connaîtrez mieux.

Ça y est ! Je me laisse entraîner sur la pente des niaiseries, des fadeurs, et aussi des imprudences. Après une seconde de réflexion, elle dit :

— Et si j'étais cette personne de bonne volonté.

— Vous !

— Pourquoi pas ? Je n'aurais pas le temps de tout faire, mais qu'est-ce qui m'empêcherait d'établir un catalogue, pour commencer.

— Mais votre mari ?

— Oh ! Il m'accorderait bien une heure dans la journée. En général, il somnole après le déjeuner. Peut-être consentiriez-vous à m'aider ? On a besoin d'être deux, j'imagine, pour venir à bout d'un catalogue, un qui trie les livres, un autre qui les inscrit. Je serais si heureuse d'être utile à quelque chose ! Après, on pourrait demander une petite subvention, vous ne croyez pas ? Les pensionnaires ont les moyens. Ils ne refuseraient pas de se cotiser.

Je suis très réticent, tout d'abord. Moi qui suis tellement désœuvré, je sens qu'il va me coûter d'entreprendre quelque chose, de m'arracher, ne fût-ce qu'un instant, à mes ratiocinations. En outre, je sais d'avance quels livres nous seront demandés et j'estime que les auteurs qui sont appréciés ici ne méritent pas, en général, qu'on se dévoue pour eux. Mais Lucile attend ma réponse et j'ai peur, soudain, de découvrir ses goûts. J'acquiesce non sans lâcheté. Suit un entretien animé qui me révèle, chez Lucile, des dons d'organisatrice que je n'aurais pas soupçonnés. Parce que je suis d'une autre génération, je m'étonne toujours quand je rencontre des femmes de décision, capables de proposer des solutions claires.

— On voit, dis-je, que vous avez réfléchi au problème.

— Je n'aime pas l'improvisation, déclare-t-elle d'un ton ferme.

Et c'est précisément ce ton qui ne me plaît pas. Je serais bien en peine d'analyser cette impression. Pour moi, les femmes se divisent en deux catégories : d'un côté, les femmes-nourriture et de l'autre, les rivales. Arlette était une femme-nourriture, je veux dire une femme à posséder, et pas seulement sexuellement, mais corps et âme. Il faisait bon la manger, dans ses attitudes, dans ses propos, dans sa gaieté, dans ses colères. Je n'aurais jamais songé à lui demander son avis, tant j'étais sûr qu'elle pensait comme moi, en tout. Tandis que les autres, les rivales, on se heurte tout de suite à leur volonté, à leur initiative, à leurs plans.

Ainsi ce projet de bibliothèque. Pourquoi aurait-on besoin d'une bibliothèque aux *Hibiscus?* Et ce mot qui me glace : « Je n'aime pas l'improvisation. » Alors, l'autre soir, sur la terrasse?... Dans quelle catégorie dois-je donc la ranger? De la femme-nourriture, elle a conservé l'attrait physique, un profil élégant, bien que la joue soit légèrement talée, comme un fruit d'automne, de beaux cheveux dont la racine blanchit, malgré la teinture, mais ils découvrent une nuque un peu grasse, d'un dessin émouvant, et il y a encore la poitrine qui paraît très jeune, les mains pas encore trop sèches, et puis l'allure générale, la démarche, ce quelque chose de balancé qui parle au ventre. Mais la parole, le regard, ce que j'appellerai la « psyché » révèlent une énergie réfléchie qui ne doit pas se laisser facilement circonvenir. Et tout cela donne envie de pousser l'expérience, de savoir qui est Lucile, au juste, et pourquoi elle aurait supprimé son ancien mari. En un sens, cela ne lui ressemble pas du tout. En un autre sens, cela n'a rien d'impossible. Et c'est ce doute qui me tracasse, et comment faire pour me l'ôter de l'esprit?

Car nous sommes condamnés à vivre côte à côte dans la même maison et déjà, dès que je l'aperçois, je pense malgré moi : « Que s'est-il exactement passé là-haut, sur la terrasse? » Une seule voie possible : devenir son ami, son familier, son confident, sans cependant me brûler le cœur. Je ne dois pas minimiser le danger. Déjà, ses paroles me touchent plus qu'elles ne le devraient. Je les absorbe comme le désert la pluie. Le feu, l'eau, je ne suis pas maître de ces images. Elles trahissent un début de désarroi qui m'inquiète terriblement.

Bon ! La chose est décidée. Nous allons tâcher de renflouer cette bibliothèque. Je préviendrai Mlle de Saint-Mémin.

Journée creuse. J'ai encore quelques amis qui m'écrivent. Touchant et triste : nous n'avons plus rien à nous dire. La vie nous a polis comme des galets ; nous avons perdu les aspérités par lesquelles, comme des engrenages, nous pouvions agir les uns sur les autres. Nous sommes des pierres de lune, usées et solitaires. Je leur réponds. Ma sciatique, Dieu merci, est un sujet inépuisable, comme l'est leur diabète. Et, bien sûr, je joue le jeu. Je leur dis que je ne suis pas malheureux. Ils savent que ce n'est pas vrai. Je sais qu'ils savent. Mais cela fait partie de nos conventions. Ce mensonge les aide à survivre.

Petite promenade au bord de la mer, de cinq à six. Il y a de plus en plus de touristes. Je déambule tristement, repu de loisir jusqu'à l'écœurement. Le cinéma ne me tente pas. J'y vais quelquefois. Mais ce cinéma d'aujourd'hui, qui vise à épater ou à scandaliser, m'ennuie profondément. M'asseoir à une table de café, me laisser envahir par le spectacle de la rue ? Non. Je tiens à rester libre de conduire à ma guise le petit troupeau de mes pensées. Il arrive qu'une exposition m'attire et me retienne, du moins quand les tableaux sont déchiffrables. Quand j'étais jeune, je peignais des aquarelles agréables. Il y a toujours de la rêverie dans l'aquarelle. Mais c'est justement ce qu'on a tué. On préfère l'esbroufe, la couleur qui gicle.

Je voudrais dire cela autrement et mieux car je ne suis pas de ceux qui condamnent systématiquement le présent. C'est bon pour les autres, à la pension, de s'écrier : « De mon temps... » Le gâtisme se déguise si facilement en sagesse, en refus effrayé du nouveau ! Et si je creuse un peu, je découvre bien vite que la peur du nouveau, c'est la peur de l'amour. Qu'on se réchauffe aux vieux soleils des passions de jadis, c'est cela qui nous fait croire à tous que nous sommes vivants. Mais qui aime encore ? Qui ne craindrait pour ses artères cette explosion de joie, ce tumulte d'images, de désirs, d'appels informulés ?... Ah ! Connaître encore une fois l'enchantement ! Pauvre Faust à la guibole en révolte !

Mme Rouvre a confectionné une belle affichette. Elle l'a fixée elle-même sur le tableau réservé à cet usage, dans le hall, près de l'ascenseur. Là se trouve le journal mural de la maison. Programmes des cinémas, des concerts, des expositions, du théâtre ; annonces diverses : *A été perdu un mouchoir marqué R.* Convocations : *Les membres du groupe « Yoga pour tous » sont invités à se réunir mardi dans la salle de gymnastique,* etc. Conférences variées, sur « L'Inde mystérieuse », sur la pollution des mers, sur les pouvoirs secrets de l'esprit... L'important est de maintenir les pensionnaires dans un certain état d'agitation, de plaisante ébullition qui imite assez bien la gaieté.

L'affiche de Lucile attire quelques curieux. Réflexions surprises au vol. « Il était temps que quelqu'un s'occupe de cette bibliothèque »... « Mlle de Saint-Mémin aurait pu y penser plus tôt... » ... « Vous verrez qu'on n'arrivera jamais à se mettre d'accord sur les titres. » Le local réservé aux livres est au troisième, à côté de la lingerie. La pièce n'est pas très grande et meublée d'une manière qui fait peine. Quelques rayonnages, une longue table, trois chaises. Un air d'abandon. Les volumes ont besoin d'être recouverts. J'ai acheté plusieurs rouleaux de papier fort, une boîte d'étiquettes. Ce n'est pas ennuyeux. Cela me rappelle le temps des livres de classe, des protège-cahiers, des belles inscriptions : *Michel Herboise. Sixième classique.* Je calcule : il y a soixante-cinq ans. Mon Dieu !

A deux heures, Lucile arrive. Je souris. Elle a revêtu une blouse grise. Elle porte sur le bras un registre.

— Vous êtes une vraie maîtresse d'école, dis-je. Votre mari n'a pas protesté ?

— Pas trop. Mais il ne m'a pas cru quand je lui ai affirmé que cette idée de relancer la bibliothèque venait de moi. Il s'imagine qu'elle m'a été soufflée.

— Et il n'était pas content ?

Elle hausse les épaules, s'installe devant la table, ouvre le registre et sort d'un étui une paire de lunettes. Par chance, cela ne la vieillit pas. Mais elle a un air sérieux un peu intimidant. Au travail ! Je réunis les A. Je les annonce. Elle écrit. Son écriture est jolie, bien formée, un peu haute pour mon goût, méthodique et appliquée. Je n'entends rien à la graphologie et pourtant je sens qu'il y a de l'obstination dans cette écriture-là, en tout point opposée à la mienne. Penché au-dessus d'elle, j'épelle les noms difficiles — à vrai dire ils sont rares et elle les connaît tous. Le parfum qui émane d'elle est bien choisi. Parfum de peau et parfum de fleur. Elle porte au cou une chaînette d'or. C'est toujours un peu grisant de regarder ainsi, de haut, une femme.

Les yeux ne se contentent pas de détailler. Ils palpent.

Nos voix chuchotent. Le silence est moelleux et fondant. Et quand je murmure : Aveline, Claude : *La double mort de Frédéric Belot,* il me semble que je lui dis cela comme un compliment plein de douceur. Je m'éloigne d'elle. Je poursuis, le long des rayons, les A qui m'auraient échappé. Je ramène un Aron, Robert.

— Voilà qui fera plaisir à Xavier, dit-elle.

— Qui est Xavier ?

— Mon mari. Moi, c'est Lucile. Et vous ?

— Michel.

— C'est gentil, Michel. C'est jeune.

— Oh ! Ne vous moquez pas.

— Mais... je ne me moque pas. Qu'est-ce que vous avez ?... Soixante-cinq ? Soixante-huit ?

— Un peu plus, hélas.

— Eh bien, vous ne les faites pas.

Déjà les confidences ! Mais c'est elle qui a pris l'initiative. Je n'ai rien à me reprocher. Maintenant, nous collons les étiquettes. En s'appliquant, elle inscrit les titres. Soudain, elle regarde l'heure, à la montre minuscule qu'elle porte au poignet.

— Trois heures et demie ! Ce n'est pas possible. Il me semble que nous venons de commencer. Je me sauve. Mais je reviendrai demain. Je me suis bien amusée.

Nous nous serrons la main et elle s'en va précipitamment. A cause de son geôlier ! Je m'assieds sur le coin de la table. Ainsi, elle s'est bien amusée. Quelques jours à peine après la mort de Jonquière. Mais de quel droit lui en ferais-je grief, moi qui, il n'y a pas si longtemps, prenais mes dispositions pour en finir? Et aujourd'hui la vie m'intéresse! Elle m'intéresse même beaucoup! Je dois être franc. Je reconnais cet état de distraction, cet alanguissement, et aussi ce besoin de récapituler nos paroles et nos silences pour ne rien laisser perdre. J'ai déjà expérimenté tout cela, mais il y a si longtemps! Cela remonte à mon adolescence. J'étais en classe de philo. Ma voisine était une petite brune... j'ai oublié son nom. Nous avions un manuel pour deux et nous le feuilletions, épaule contre épaule. Ce que je me rappelle, à travers les années, c'est le sentiment de bien-être que j'éprouvais, quelque chose de comparable à ce qu'on sent devant un feu de bois. Ni l'amour, ni à plus forte raison la passion. Simplement, une attirance, une complicité, ce que doivent ressentir deux bêtes lovées dans le même trou.

Et tout cela parce que Lucile avait dit : « C'est gentil, Michel. C'est jeune! » Ce sont ces mots qui ont tout déclenché. Allons, allons! Secoue-toi, mon vieux!

Pendant le dîner, Vilbert nous a observés. Avec son flair infaillible, il a deviné que quelque chose s'était passé. Même si je ne m'étais douté de rien, son attitude m'aurait prouvé qu'entre Lucile et moi une secrète entente était née. Comme si nous étions maintenant deux contre lui. Quand Lucile voulut l'aider à se débrouiller au milieu de ses remèdes, il la remercia sèchement et prit congé plus tôt que d'habitude.

— Qu'est-ce que je lui ai fait? demande Lucile.

— Rien, dis-je en riant. Vous n'avez pas fait

assez attention à lui. Il perçoit toutes les nuances, vous savez.

J'entrepris de lui expliquer Vilbert en détail et il me venait du passé je ne sais quelle verve qui, visiblement, l'enchantait.

— Arrêtez, Michel ! dit-elle en pouffant. Vous êtes trop méchant.

Elle me saisit le poignet et soudain le lâcha. Elle devint rouge.

— Excusez-moi. Ça m'a échappé.

— Tant mieux ! dis-je. Je vous appellerai donc Lucile.

Il y eut un silence embarrassé. Mentalement, je m'insultais. Quel était ce bonhomme inconnu qui donnait, maintenant, dans la galanterie sans me consulter ! Et comment m'y prendre pour le museler ? Lucile refusa le café que je lui offrais. Elle se leva et me tendit la main.

— Bonsoir, Michel. A demain, même heure, dans la bibliothèque.

Et voilà ! J'attends demain et ma tisane n'y fera rien. Je ne dormirai pas. Et je n'en finirai pas de m'interroger. Tant que je n'aurai pas tiré au clair les causes de son divorce, la nature de sa querelle avec Jonquière, je n'aurai pas la paix. Ce sera long ! Et je voudrais être sûr que, chemin faisant, je ne tomberai pas amoureux. Prétention sénile ! A mon âge ! Et comme si Arlette ne m'avait pas mutilé pour toujours...

Mais enfin, bon Dieu, Herboise, inutile de chercher des échappatoires. Si tu attends demain avec tant d'impatience, ça veut dire quoi ?

Clémence :

— Moi, si j'étais vous, monsieur Herboise, je consulterais un autre médecin. Ce n'est pas normal, une sciatique qui dure si longtemps. Vous voyez bien que toutes ces piqûres ne servent pas à grand-chose. Si vous continuez, vous deviendrez infirme.

Un mot qui fait peur, qui porte en lui la menace d'une définitive déchéance. Je proteste. Je discute comme si, en obligeant Clémence à reconnaître qu'elle exagère, je faisais du même coup reculer le mal. Car j'ai besoin d'un sursis. A cause de Lucile ! Je promets, pour finir, de voir un autre médecin. Elle me conseille celui qui soigne Rouvre.

— A propos, dis-je, comment va-t-il ?

— Pas plus mal.

Elle jette un coup d'œil méfiant vers mon cabinet de toilette, comme si elle soupçonnait le président d'y avoir caché un espion. Elle adore faire la mystérieuse.

— C'est vrai qu'il est mal en point, me confie-t-elle à voix basse. Mais on ne m'ôtera pas de l'idée qu'il joue aussi la comédie.

— Pourquoi ?

— Pourquoi ? Pour mieux tyranniser sa pauvre femme, pardi ! Je ne voudrais pas être mauvaise langue, mais il y a des moments où je me demande s'il ne lui fait pas payer quelque chose. Il y a des hommes qui ne pardonnent rien.

Je suis frappé par cette remarque qui m'atteint au plus vif. Je prends le parti de plaisanter.

— Vous n'avez plus d'illusions, dis-je.

— Oh non ! Depuis bien longtemps. Mais pour en revenir à M. Rouvre, je sais qu'il peut marcher quand il veut. Fernande l'a aperçu, dans le couloir, pas plus tard qu'hier.

— A quelle heure ?

— Vers deux heures et quart, deux heures et demie.

— Je pensais qu'il faisait la sieste.

— C'est possible. Mais, dès que sa femme s'éloigne, et pour peu qu'il n'y ait personne dans le couloir, qu'est-ce qui l'empêche de mettre le nez dehors et de prendre sa petite récréation, ni vu ni connu.

Évidemment, toute la matinée j'ai ruminé les propos de Clémence. Étrange trio que celui de Jonquière et des Rouvre. Quel est le drame qui s'est joué entre eux ? Et si Rouvre est jaloux, quel martyre ne doit-il pas endurer quand Lucile s'absente ? N'est-ce pas l'inquiétude, le soupçon, l'irritation, qui le poussent à sortir de chez lui, à aller et venir, comme quelqu'un qui ne tient plus en place ? Il fait semblant de s'endormir, pour mieux surveiller Lucile à travers ses paupières mi-closes. A ses mouvements pleins de précaution, il devine qu'elle se prépare. Comment va-t-elle s'habiller? Qui rencontre-t-elle? Que cache ce projet de bibliothèque à rénover? La jalousie? Je connais. Les mains qui ont envie de frapper, d'étrangler. Oui, je sais!

Rouvre n'est pourtant pas bien dangereux, du moins physiquement. Mais ce qui est à redouter, c'est sa perspicacité d'ancien magistrat, l'habitude qu'il a dû conserver de fouiller les consciences. Si, par malheur, je venais à le rencontrer, est-ce que je ne me sentirais pas coupable d'adultère? Je fais exprès d'employer ce mot excessif pour bien me mettre en garde. Malheureusement, il n'y a pas d'issue possible : il ne peut être question ni pour elle ni pour moi de quitter *Les Hibiscus.* Nous y sommes ligotés. Il n'est plus possible que nous nous évitions. Même si elle demandait à dîner à une autre table — et déjà cela ferait jaser — nous nous rencontrerions fatalement dans l'ascenseur, dans le jardin, dans le couloir de notre étage, devant l'arrêt du bus, en ville...

Autrement dit, le cercle est fermé. Il l'est d'ailleurs pour tous les autres. Il n'y a ici que des gens brouillés puis réconciliés, puis inséparables, puis de nouveau en froid, une sorte de mouvement vibrionnaire qui, sans cesse, attire les uns, repousse les autres, et ne laisse personne à l'écart. Nous sommes pris dedans. Si j'essayais, disons : de la fuir, pour parler pompier, d'abord elle ne comprendrait pas et ensuite nous serions ramenés l'un vers l'autre par la force des choses. Alors, pourquoi lutter? Bien sûr que je suis attiré par Lucile? La preuve : elle n'est pas venue dans la bibliothèque, comme elle l'avait promis, et j'ai passé un après-midi affreux, parce que je suis toujours aussi excessif et vulnérable.

Elle n'a pas non plus paru à table. Que s'est-il passé ? Rouvre lui a-t-il interdit de descendre ce soir à la salle à manger ? J'imagine toutes sortes d'explications. Je suis à mon affaire, quand il s'agit d'expliquer. Rien ne m'arrête plus. Si Rouvre sait à quoi s'en tenir sur le drame de la terrasse (et pourquoi pas ?) leurs tête-à-tête doivent être horribles. J'étais tellement plus tranquille avant leur arrivée ! Je me desséchais, je me recroquevillais d'ennui mais j'étais délivré de toute angoisse. Je m'appartenais. Tandis que, depuis la mort de Jonquière, j'ai perdu ce que j'avais de mieux : l'indifférence. Je refais connaissance avec l'impatience, l'espoir, l'attente. Je me mets à détester Rouvre. Est-ce que cela n'est pas bête à pleurer !

Aujourd'hui, journée fertile en émotions. Je ne voudrais omettre aucun détail. A deux heures, j'étais dans la bibliothèque, préparant les étiquettes et commençant à réunir tous les B. A deux heures et quart, elle arrive.

— Bonjour, Michel. Excusez-moi. Je vous ai fait faux bond, hier. Ce n'est pas ma faute, vous vous en doutez.

Le sous-entendu est clair. Il signifie : « Mon barbon était encore plus insupportable que d'habitude. » D'un coup, tous les brouillards qui me traînaient dans l'âme se dissipent. Je me mets joyeusement au travail. Nous classons, nous collons. Nous sommes des camarades. Je veux que nous soyons des camarades et rien de plus. Pourtant, après un échange de propos anodins, une inquiétude me prend. Je vais ouvrir la porte. Personne. J'écoute. Aucun bruit.

— J'avais cru entendre marcher, dis-je. Je n'aimerais guère qu'on soit dérangés.

Je surveille son visage. Nulle trace d'effroi. Simplement, une sorte de surprise candide.

— Qui pourrait venir ? dit-elle.

Je n'ose pas répondre : votre mari. D'ailleurs, à ce moment-là, toutes mes craintes, tous mes scrupules me semblent ridicules. Que n'avais-je pas inventé, hier, pour le seul plaisir de me meurtrir ? Nous liquidons les B, les C, les D. Les E et les F manquent. Lettre G. Julien Green. Il n'y a que le tome 2 de son *Journal.*

— Comme c'est dommage, s'écrie-t-elle. Est-ce que nous ne pourrions pas acheter la suite ? C'est tellement passionnant.

Un mot creux qui me gêne. Serait-elle un peu sotte, ou bien est-ce moi qui suis trop homme de lettres ?

— Si cela vous intéresse, c'est avec plaisir que je vous prêterai les autres tomes.

— Oh ! Merci, Michel.

— Je peux même vous les prêter tout de suite. Descendons. Notre travail peut attendre.

Nous prenons l'ascenseur. Nous sommes tout près l'un de l'autre. Il me serait si facile de l'embrasser. Une idée comme ça, qui me traverse la tête. Une idée pour rire. Pour jouer. Une délicieuse inconvenance. Le panneau glisse. Je précède Lucile dans le couloir. Nous passons devant son appartement. Elle s'arrête.

— Je vous attends ici, murmure-t-elle.

— Mais non ! Venez avec moi. Qu'est-ce que vous craignez ?

Rouvre est peut-être derrière la porte. Il va peut-être l'ouvrir. Elle hésite. Le devoir, ou bien... Ou bien quoi ? La curiosité. Le brusque désir de savoir comment je suis installé. L'envie aussi de prolonger cette minute de trouble.

— Alors, faisons vite, chuchote-t-elle.

Nous marchons sans bruit. Je lui ouvre ma porte. Elle s'arrête au milieu du bureau, regarde autour d'elle, rapidement.

— Tous ces livres ! dit-elle à voix basse.

— Approchez. N'ayez pas peur. Mes Green sont par ici.

Elle s'enhardit, vient voir de près les volumes que j'ai soigneusement choisis pour ma dernière étape.

— Comme vous êtes savant, fait-elle, intimidée. Moi, je me contente des Prix de fin d'année et puis de romans faciles : Troyat, Cesbron, vous voyez !... Oh ! Qu'est-ce que c'est ? Herboise ?

Elle tire du rayon mes deux romans, les ouvre à la première page et lit, incrédule : *Michel Herboise.* Elle se tourne vers moi.

— C'est vous ?

— Oui. C'est moi. J'ai écrit cela il y a bien longtemps. J'avais... je ne me rappelle plus très bien... vingt-quatre ou vingt-cinq ans...

— Vous voulez bien me les prêter ?

Elle est si pressante, et moi, je suis si heureux d'avoir été découvert sans l'avoir cherché que je ne réussis plus à jouer la modestie.

— Emportez-les, dis-je rayonnant. Mais à une condition : ne les faites pas lire à votre mari. Que cela reste un secret entre nous.

— Je vous le promets, Michel.

Elle est émue, embarrassée, reconnaissante, admirative. Elle vient de rencontrer un auteur en chair et en os. Doucement, mon vieux ! Elle en a rencontré forcément pas mal d'autres, mais sans doute de loin, dans ces mondaines séances de signature où l'on vient par snobisme. Ici, au contraire, c'est l'oiseau rare qui, par un privilège inouï, vient se percher sur votre main.

— Merci, dit-elle encore. Je ne les garderai pas longtemps. Et les autres ?

— Quels autres ?

— Eh bien, vous n'avez pas écrit que ces deux romans ?

— Si, justement. Je n'ai pas eu le temps de continuer... mon métier... mes obligations... Mais je vois bien que je vais être obligé de vous raconter ma vie.

Je ris, d'abord parce que je me sens gai, et ensuite parce que je me dis : « Si tu sautes sur l'occasion, quand tu lui auras livré ton passé, elle sera bien obligée de te livrer le sien, et alors, tu sauras... pour Jonquière ! »

Je l'accompagne jusqu'à la porte et lui baise le bout des doigts avec un élan de bonne amitié.

— A demain ?
— A demain, répond-elle.
— Bien vrai ?
— Promis.

Je passe au dîner. Elle est venue. Robe unie, toute simple. Brillants aux oreilles. Vilbert gourmé. Il a surpris le sourire de gentillesse privilégiée que Lucile m'a adressé. Je sens bien qu'il grogne, en dedans, le poil hérissé. Conversation à bâtons rompus. Lucile commet une imprudence. Elle m'appelle étourdiment Michel. Lourd regard de Vilbert, d'abord sur elle ; ensuite, sur moi. Je pousse discrètement le coude de Lucile. Je n'ose pas écrire que nous sommes d'humeur espiègle, mais un fluide de complicité crépite invisiblement entre nous. Vilbert avale ses drogues et s'en va. Délivrés, nous rions.

— J'ai fait une gaffe, n'est-ce pas ? dit-elle. Tant pis ! Je n'ai pas de comptes à lui rendre. Vous savez, Michel, j'ai commencé votre livre *Le Veilleur*. Pour être franche, je n'ai lu qu'une quarantaine de pages à la sauvette, parce que Xavier ne cessait pas de me déranger.
— Ça vous a plu ?
— Beaucoup.
— Merci.
— Pourquoi avez-vous abandonné ?

Je commande deux cafés pour me donner le temps de réfléchir. Je tiens à être avec elle strictement honnête. La vérité et rien que la vérité.

— Par lâcheté, dis-je. Je considère que la littérature est un métier de bohème. Et je désirais gagner beaucoup d'argent. De fait, j'en ai gagné beaucoup, ce qui ne m'empêche pas de vieillir les mains vides.

Du bout de l'ongle, elle gratte une tache minuscule sur la nappe. Elle répète rêveusement : Les mains vides ! Je ne vais pas lui replacer la rengaine des bateaux échoués, des épaves dépecées. D'ailleurs, ce n'est pas cela qu'elle attend. Elle ne serait pas femme si elle ne souhaitait pas connaître mes aventures sentimentales. C'est donc un chapitre que j'attaque bravement.

— J'ai été marié, comme tout le monde. Ma femme s'appelait Arlette.

— Elle était jolie ?

— Je crois, oui.

Lucile rit nerveusement.

— Mais vous n'en êtes pas sûr. Vous êtes une drôle de race, vous, les hommes. Et ensuite ?

— J'ai eu un fils. Il n'a pas voulu travailler avec moi. Il est devenu pilote à Air France. Je voyageais beaucoup. Lui aussi. Nous avons vraiment fini par nous perdre de vue. Il s'est marié à Buenos Aires et il s'est tué dans un accident, peu de temps après, laissant une veuve et un petit qarçon, José Ignacio.

— Mon pauvre ami, dit-elle. C'est bien triste. Mais ce petit José n'est-ce pas une consolation ?

— Je ne l'ai jamais vu. Je ne connais pas non plus sa mère. C'est si loin, l'Argentine. Je reçois bien une lettre, de temps en temps.

— Quel âge a-t-il ?

— Eh bien, il est né en 1952. Il a donc vingt-six ans. Vous voyez, je ne suis pas un grand-père très gâté. Je ne sais même pas ce qu'il fait.

— Et votre femme ?

— Ma femme m'a quitté, dis-je. Elle m'a abandonné sans crier gare.

— Oh ! Je suis désolée.

J'appuyai ma main sur la sienne ; peut-être en attendais-je l'occasion depuis un moment.

— Non. Tout cela, c'est le passé. Je suis guéri, maintenant. Je n'attends plus rien.

Une phrase comme celle-là ne manque jamais son but. Je sais d'avance que Lucile va voler à mon secours.

— Ne me dites pas cela, s'écrie-t-elle. La vie n'est quand même pas une marâtre. Quand on a votre talent, rien n'est jamais fini.

— Je n'ai plus envie d'écrire. Pour quoi ? Pour qui ? Je n'ai même plus d'amis.

Je la regarde en coin. Comment va-t-elle réagir ? Elle a rougi.

— Vous n'êtes pas gentil, murmure-t-elle. Il est vrai que nous nous connaissons depuis peu, mais je suis quand même un peu plus qu'une simple relation, voyons ! Je suis votre lectrice. Est-ce que cela ne compte pas pour vous ?

Il faut tout de suite que j'exploite mon avantage, et tant pis si je mélange un peu mensonge et sincérité.

— Excusez-moi, dis-je. Au contraire, j'attache le plus grand prix à votre amitié. Je vais même vous confier une chose... depuis quelques jours, j'ai cessé d'être malheureux, oh, pour une raison toute bête... Ici, personne ne faisait attention à moi... et puis vous êtes venue. A mon âge, une simple marque d'intérêt suffit à éclairer l'existence.

Elle se décide avec un visible effort.

— Je vous comprends. Si vous saviez à quel point ! Et comme c'est vrai qu'une simple marque d'intérêt...

Elle n'achève pas. Sa voix s'est mise à trembler. Elle se lève précipitamment, serre son sac sous son bras et, littéralement, s'enfuit. Je jurerais qu'elle pleure dans l'ascenseur, et ces larmes me font du bien. Je suis pris mais je la tiens. Plus besoin d'aveux et de toute cette mascarade des préliminaires de l'amour. Ah Lucile ! Comme c'est bon, quand on est dans sa soixante-seizième année ! Comme tu as eu raison de te débarrasser de Jonquière et de me débarrasser, du même coup, de mes phantasmes ! La mort de l'un a rendu la vie à l'autre. Il y a bien Rouvre, dont nous aurons à nous méfier. Mais si peu qu'il nous soit accordé, quelques regards à table, quelques paroles, à la barbe de Vilbert, et quelques rendez-vous, à la bibliothèque ou ailleurs, c'est une vie nouvelle qui commence. Je te pardonne tout, chère Lucile. Lucile chérie. Eh oui, pourquoi ne me laisserais-je pas aller à une bonne saoulerie de mots, à une ivrognerie de tendresse, après des années de continence désespérée ! Vive la nuit blanche qui se prépare. J'ai ouvert ma fenêtre sur le parc, et mon front touche les étoiles.

9 heures.

Je suis heureux !

. . . .

18 heures.

Je suis heureux !

....

22 heures.

Par où commencer ? J'ai tant de choses à dire ! Et pourtant je ne suis pas pressé d'écrire. J'ai plutôt envie de marcher et de marcher encore, malgré cette pointe de douleur qui me fouille la cuisse. Je ne tiens plus en place. J'ai vingt ans. J'étouffe de joie, d'enthousiasme, d'une espèce de bouillonnement de vitalité qui fait mal. Ça ne peut pas durer. Je ne tiendrais pas le coup. C'est pourquoi je dois absolument me plier à la dure discipline de l'écrivain. Un souvenir après l'autre, s'il vous plaît !

Le premier est le plus bouleversant. J'étais dans la bibliothèque. J'attendais, avec quelle tension, quelle angoisse ! Un demi-siècle de vains soucis, d'occupations oiseuses, de succès, de chagrins et de résignations accablées, était soudain effacé. Elle est entrée. Elle s'est arrêtée et nous nous sommes regardés. Si gravement ! Je n'oublierai jamais. J'ai fait deux pas, et là, tout se brouille. Je me rappelle seulement que je la tenais contre moi, que mon visage se pressait contre ses cheveux et qu'elle murmurait, d'une voix étouffée :

— Oh ! Michel ! Qu'est-ce qui nous arrive ?... Qu'est-ce qui nous arrive ?...

Mon deuxième souvenir, c'est le baiser. J'en ris encore d'attendrissement. Un baiser de collégien, sur la tempe, sur la joue, sur un coin de peau en quelque sorte permis et qui sentait bon et qui, de loin, promettait les lèvres, mais ce serait pour plus tard.

— Michel, laissez-moi m'asseoir. Je ne tiens plus debout.

J'attrapai une chaise. Je l'aidai. Elle chuchota.

— Fermez la porte, voulez-vous. Je serai plus tranquille.

Je fermai donc la porte à double tour et je revins auprès d'elle. Nous étions gauches et intimidés. Nous avions peur de parler, de détruire par une initiative maladroite ce qui venait de naître entre nous et que je ne saurais nommer. Je sais simplement que c'était à la fois intense et fragile, aussi près des larmes que de la joie. Assis sur le bord de la table, je passai un bras autour de ses épaules. Nous avions besoin de nous appuyer l'un sur l'autre pour affronter les prochaines minutes, pour descendre sans heurt de l'exaltation à l'amitié tendre, car la fièvre de la passion, nous pouvions bien la sentir encore mais la naïveté nous était interdite, à cause de notre âge. Il y avait des gestes et des paroles qu'il fallait éviter. Il y avait à inventer comme une forme de sourire émerveillé. Elle chercha ma main.

— Michel ! Est-ce possible... Si vite ! Nous étions donc si malheureux ! Qu'allez-vous penser de moi ?

D'une pression sur le bras, je la rassurai. Je posai doucement les lèvres sur son oreille et murmurai :

— Ne t'inquiète pas, ma Lucile.

Le tutoiement lui causa un petit choc. Elle

pencha la tête en arrière, pour me voir mieux. Je ris d'une manière qui congédiait toute arrière-pensée.

— L'amour est un mystère gai, dis-je. Il faut le prendre comme il vient, sans commencer à s'interroger. C'est votre mari qui vous tracasse, en ce moment ? Eh bien, parlons de lui une bonne fois. Liquidons le passé.

Et voilà mon dernier souvenir : la conversation qui suivit et qui ressemblait parfois à une confession.

— Je me suis mariée deux fois, dit-elle.

— Deux échecs, n'est-ce pas ?

— Oui. Merci d'avoir compris. La première fois, j'ai épousé... mais vous n'allez pas me croire...

— Détrompez-vous. Vous avez épousé Robert Jonquière.

— Mais vous êtes le diable ! s'écria-t-elle.

— Un diable, dis-je d'un ton enjoué, qui s'est renseigné dans le *Who's Who*. Continuez.

— Robert... Mais vous avez eu le temps de le juger... J'ai été trompée autant qu'on peut l'être.

— L'aimiez-vous ?

— Au début, bien sûr. Mais ça n'a pas duré longtemps. Et puis la guerre est venue ; elle m'a fourni le moyen de divorcer. Robert n'a pas laissé passer l'occasion de faire du marché noir, vous pensez bien. Il lui était facile de spéculer sur le blé. Très adroitement, d'ailleurs. En ménageant tout le monde. Mais moi, j'étais au courant. Et, à la Libération, je lui ai mis le marché en main. Ou tu acceptes mes conditions ou je te dénonce.

— Et vous l'auriez fait ?

— Sans hésiter. Je ne suis pas toujours commode.

— Je m'en souviendrai.

— Oh, Michel ! Avec vous, j'ai confiance. Le divorce a été prononcé, à ses torts, bien entendu. En sortant du tribunal, il m'a menacée. Vous savez ce qu'on dit dans ces moments-là. « Tu entendras encore parler de moi ! Je ne suis pas près d'oublier !... », et ainsi de suite. Et puis, nous nous sommes complètement perdus de vue. Quelques années plus tard, j'ai rencontré Xavier, chez des amis.

— Le coup de foudre ? dis-je en m'efforçant de plaisanter, mais le cœur n'y était pas.

— Non, non. Pas du tout. C'est lui qui a voulu. Il a tellement insisté que j'ai fini par accepter de l'épouser. Et il n'a pas tardé à me rendre la vie impossible par sa jalousie. Lui qui condamnait si souvent des crimes de jaloux, il était plus jaloux que ceux qu'il envoyait en prison.

— Ma pauvre Lucile ! Était-il au courant, pour Jonquière ?

— Forcément. Je ne lui avais rien caché. Et, bien sûr, il le haïssait tout spécialement. Aussi, quand j'ai rencontré Robert, ici, vous devinez ce que j'ai pu ressentir.

— Vous ne l'avez pas montré.

— J'ai pris sur moi, mais j'en étais malade. Au début, j'ai espéré qu'après si longtemps il aurait oublié sa rancune. Eh bien, pas du tout. Il a trouvé le moyen de me chercher querelle, dans le jardin. Il voulait voir Xavier.

— Qu'aurait-il pu lui dire ?

— Je n'en sais rien. Mais vous voyez dans quelle situation il me mettait ! Je vous en prie, Michel. Parlons d'autre chose. Tout cela est tellement pénible ! Je ne veux pas gâcher notre rencontre.

Elle se renversa un peu et nos visages se touchèrent. Nos nez se gênaient, cherchaient à s'éviter, si bien qu'après un bref baiser sur la bouche, je nous revois éclatant de rire.

— Ce que nous pouvons être maladroits, dis-je. Recommençons.

Et cette fois, ce fut réussi et bouleversant. Un mois plus tôt, en imaginant pareille scène, j'aurais ricané. Je me serais insulté. Maintenant, je ne résistais plus. Il m'était complètement égal de bafouer Rouvre, de renoncer à ma dignité, de me conduire comme un gamin irresponsable. J'écoutais en moi le grondement de la vie. J'étais le premier homme serrant la première femme contre lui. Lucile se dégagea, regarda l'heure et sursauta.

— Mon Dieu ! Trois heures vingt ! Il faut que je me sauve. Dites-moi de partir, Michel. Sinon, je n'en aurai pas la force.

Je lui tins son miroir pendant qu'elle retouchait son maquillage, plissant la bouche, tendant les joues, comme elle l'eût fait dans une chambre à coucher, devant son amant. Ensuite, avec le coin de son mouchoir, elle essuya le rouge à lèvres que j'avais sur la figure.

— Demain, ici, dis-je.

— Je tâcherai. Je ne suis jamais sûre.

Je regardai la pièce, qui faisait misérable avec ses rayonnages de bois blanc, sa table achetée dans quelque salle des ventes et ses chaises de paille.

— L'endroit est hideux, reprit-elle. Mais nous y sommes chez nous.

Le mot ne manquait pas d'une drôlerie amère. Je souris et sortis derrière Lucile.

— Merci, Michel, pour tant de bonheur. Je ne descendrai pas dîner ce soir. Je suis trop heureuse. Est-ce que ça se voit ?

— Je pense bien !

— Non, sérieusement ? Je peux ?... Il ne se doutera de rien ?

— De rien. Allez en paix... petite fille.

Elle allongea les lèvres pour simuler un baiser et se hâta vers l'ascenseur. J'attendis un instant. Je me sentais las et fripé, et je me surpris à murmurer : « Arrête ! Ce n'est plus de ton âge ! »

En boitillant, je suis revenu dans ma chambre. Moi non plus, je ne dînerai pas. Je suis bien trop fatigué. J'ai scrupuleusement noté ses paroles et les miennes. Elle a tout de suite coupé court : « Parlons d'autre chose ! » C'est clair. Mais je me fiche bien de la mort de Jonquière. Ce qui compte, c'est qu'elle m'aime !

Je ne réussirai pas, encore une fois, à dormir. Comment dois-je interpréter les paroles de Lucile ? Je les renifle, je les retourne comme un vieux renard plein de méfiance. Coupable ? Non coupable ? Pas moyen de trancher. Le président dirait : « Présumée coupable ! » Moi, je dis : « Acquittée au bénéfice du doute ! »

Sonnerie lointaine. J'entendrais marcher une mouche, tellement j'ai les nerfs tendus. C'est peut-être le président qui a besoin de Clémence. Si, par malheur, il tombait malade, je serais privé de Lucile et ma vie, qui est déjà absurde, deviendrait insupportable. Oui, j'en suis là. Au fond, malgré mes airs de bravache, j'avais peut-être, à mon insu, une si grande peur de la mort que je me suis raccroché à la première planche de salut qui s'offrait. C'était l'amour ? Bon. Pourquoi pas ? Je touche à cette heure de la nuit où toute pensée est blessure. Et je me sens si épuisé que je ne réussis plus à me décider à cesser d'écrire. Quel sera l'avenir ? Je n'ose y penser.

9 heures et demie.

Clémence :

— Je vous trouve bien guilleret, ce matin, monsieur Herboise. Ce n'est pas comme ce pauvre M. Vilbert. Son ulcère le fait bien souffrir. Il m'a encore réveillée cette nuit. J'ai beau lui dire : « Monsieur Vilbert, si vous avaliez moins de saloperies, ça irait peut-être mieux ! » Vous le connaissez, avec sa tête de mule, il continue à se droguer ; alors tant pis pour lui. Faut dire qu'il ne s'entend pas du tout avec son fils — si on peut appeler ça un fils — qui est toujours à pleurer misère !... Autrefois, les vieux — remarquez, monsieur Herboise, que je ne dis pas ça pour vous — mais c'est vrai ; ils étaient plus heureux parce qu'on n'essayait pas de les prolonger par tous les moyens. On en a fait des bêtes à chagrin, et c'est tout !

Quand elle est lancée, le mieux, c'est de ne pas l'interrompre. Mais j'avoue qu'aujourd'hui elle m'agace. J'ai hâte d'être seul pour affronter cet immense temps mort qui me sépare de l'après-midi. L'état de non-espoir qui a été le mien pendant si longtemps était, à tout prendre, moins pénible que cette attente fébrile qui, maintenant, me consume. J'essaye de me rappeler ce que j'éprouvais, avant mes rendez-vous avec Arlette. Il me semble que ce n'était pas pareil. D'abord, personne ne s'interposait entre elle et moi. Elle n'était pas le fruit défendu. Et ensuite je jouissais d'une merveilleuse impression de sécurité. Mon amour était paisible, confortable, sûr du lendemain. Tandis qu'avec Lucile...

Je ne dis pas que la mort me talonne, mais le temps m'est compté. Je ne dispose plus que d'un petit capital d'heures et je suis en train de le dilapider, bêtement, vainement, à tourner en rond en attendant le moment de la serrer à nouveau dans mes bras. Et, à peine réunis, nous devrons nous séparer et cela recommencera demain, après-demain... une heure d'oasis pour vingt-trois heures de désert !

Ma révolte a changé de sens : elle n'est plus provoquée par l'ennui mais par l'impatience. Mais c'est toujours la même révolte. Je n'accepterai jamais d'être vieux !

Dix heures du soir.

Elle est venue. Nous n'avons guère travaillé. Assis l'un près de l'autre, main dans la main, nous avons surtout beaucoup causé. Le premier don que nous puissions nous faire, c'est celui de notre passé. Peut-être l'avons-nous un peu embelli, pour rendre le cadeau plus précieux. Chacun a offert à l'autre ses déceptions et ses souffrances, non sans une certaine complaisance, j'imagine, comme si un destin retors nous avait ménagé des épreuves choisies pour nous tenir plus longtemps séparés avant le triomphe final. L'amour, c'est toujours un peu la conquête du Graal, même quand le preux chevalier, en guise de lance, s'appuie sur une canne !

Joie de découvrir la femme qu'on aime, de l'écouter parler, d'apercevoir, par échappées, des traits de son caractère. Elle ne s'embarrasse pas comme moi d'analyses, de retours sur soi à n'en plus finir. Elle est directe, énergique, simple et violente. Je suis le troisième homme de sa vie, et le bon ! Elle songe déjà à organiser au mieux notre existence. Cette petite salle, il faudra bientôt l'ouvrir au public. Nous ne pourrons pas prolonger bien longtemps nos rangements et nos classements. Alors, où trouver un autre endroit pour nos rendez-vous ? Pas dans la pension, bien sûr ! Mais peut-être en ville ? Est-ce que je ne pourrais pas me mettre en quête par exemple d'un café discret ou d'un salon de thé fréquenté surtout par des touristes ?

« Tout ce que je demande, dit-elle, c'est que nous ne restions pas un jour sans nous voir. » Elle s'arrangera pour se libérer. Au besoin, elle donnera à son cerbère des drogues pour le faire dormir. J'objecte :

— Il en prend déjà.

Elle répond :

— Je doublerai la dose.

Évidemment, elle exagère pour me prouver son amour. Je profite de l'occasion pour mettre les choses au point : il est bien inutile d'alarmer son mari. Promettons-nous que nous serons prudents. Il ne doit se douter de rien.

— Heureusement, dit-elle, que vous êtes raisonnable pour deux. Pour la peine, Michel, embrassez-moi.

Elle est avide de caresses, comme une femme longtemps négligée. Et moi ?... Je retrouve des émotions anciennes, moins la fougue. Elle a conservé un corps souple et ferme, une taille fine que je serre avec discrétion. Je n'ose pas encore considérer Lucile comme mienne. Il me paraît convenable de respecter certaines étapes. Je suis encore très vieux jeu, et il y a des égarements que je jugerais déplacés si je m'y laissais aller sans résistance. J'aime ses baisers, et pas seulement parce qu'ils sont troublants, mais aussi parce qu'ils sont naïfs, en quelque sorte, et la livrent tout entière, avec un abandon juvénile. J'ai presque envie de lui dire : « Pas si vite ! Je ne peux pas vous suivre ! » Et déjà l'heure est passée. Nous devons nous séparer. Nous travaillons au catalogue pendant cinq minutes et, après un dernier baiser, nous nous composons le visage illisible que nous devons montrer aux autres.

— Ça va ?

— Ça va !

Nous pouvons entrer en scène. Au dîner, pas de Vilbert. Nous en éprouvons un vif plaisir. C'est une grande joie de dîner en tête à tête. Les mots les plus simples, les propos les plus quelconques, se chargent d'intentions secrètes. La tendresse affleure sous les banalités. Nous parlons de la nouvelle pensionnaire, celle qui a succédé à Jonquière. Elle s'appelle Mrs. Allistair et possède trois chats empaillés auxquels, paraît-il, elle fait la conversation toute la journée.

— Mon Dieu, dit Lucile, comme je plains tous ces pauvres gens. Quand je pense que nous aurions été comme eux si...

Sa main cherche la mienne et elle murmure : « Merci, Michel. » Un instant plus tard, elle me parle de sa sœur qui habite à Lyon et de son frère qui est inspecteur des Postes à Bordeaux. Peu à peu, j'apprends à la replacer dans son entourage. Elle « vient », comme une photo sous l'effet du révélateur. Il y a encore des zones d'ombre à éclairer... Elle ne m'a pas raconté sa petite enfance. J'ai besoin de tout savoir d'elle, pour nourrir mes heures de solitude. Sa scarlatine ou ses oreillons m'intéressent autant que ses querelles avec Rouvre. Ce sont ses pensées et ses souvenirs que j'ai hâte de posséder. Je le lui dis. Elle me répond :

— Tout est à vous, Michel !

C'est une promesse dont le sens ne peut m'échapper. Je lui caresse le poignet pour lui montrer que j'ai compris et que je suis très ému. Et c'est vrai.

J'ai éprouvé tout le long des jours des impressions si vives que je suis brisé. J'avale un *Nimbutal* avec ma tisane pour être sûr de dormir profondément. L'amour est comme un grand chien encombrant qu'il faut savoir jeter dehors de temps en temps.

Quatre jours sans ouvrir ce cahier ! Qu'ai-je fait, pendant ce temps-là ? J'ai cherché le café, le petit bar, l'endroit paisible et secret où nous pourrions nous retrouver. Pas trop loin des *Hibiscus,* pour qu'elle ne perde pas de temps inutilement. Mais pas trop près, pour que nous ne courions pas le risque d'être reconnus par des pensionnaires. J'ai déniché, non sans peine, un petit bistrot à la mode d'autrefois, avec des fusains devant la porte, dissimulant quatre guéridons. Le fond de la salle est sombre et paisible. Pas de juke-box, pas de radio. Une femme âgée, tricotant derrière le comptoir. Nous y sommes allés. Affreux ! Nous avions l'impression d'être des étrangers attendant un train. Nous ne savions plus que nous dire. Quand une silhouette passait devant la porte, nous sursautions. La crainte d'être surpris nous glaçait. Il fallait imaginer une autre solution. Il faut à tout prix que j'invente un moyen et ce n'est pas facile.

La bibliothèque ? Elle va être ouverte après-demain, de quinze à seize heures. Nous avons recueilli des fonds. J'ai déjà acheté quelques nouveautés. Donc, plus question d'en faire un lieu de rendez-vous. Je n'ose proposer à Lucile de venir me rejoindre chez moi. C'est bien trop compromettant. Alors, où? Pas à l'hôtel, bien sûr. Les hôtels acceptables sont tous sur le front de mer, à l'endroit le plus fréquenté de la ville. Et puis il y a les convenances à respecter. Je ne vais pas offrir à Lucile de l'emmener à l'hôtel pour une heure, comme une femme de rien. Et je ne me sens pas le courage de faire ma valise et de louer une chambre, afin d'y recevoir Lucile, rien qu'un court instant, dans des conditions décentes. Et puis, qui dit chambre d'hôtel dit coucherie. Là, je dois m'interroger. J'emploie ce mot ignoble faute d'en trouver un meilleur, mais peu importe!

A quoi bon finasser et ne pas évoquer les choses comme elles sont? La vérité, c'est que je ne me vois pas en train de me déshabiller au pied du lit, en train de retirer mon pantalon en grimaçant de douleur à cause de ma jambe, etc. Bel amoureux au souffle court, murmurant des mots brûlants, tout en ayant l'œil sur son cœur! On ne joue pas une sonate sur un violon désaccordé. Pas moi! J'ai trop le sens du ridicule. Mais je sens bien que Lucile, au contraire, céderait volontiers. Peut-être même se méprendrait-elle sur la signification de mes scrupules si j'avais la faiblesse de les lui avouer. Peut-être croirait-elle que mon amour n'est pas aussi exigeant que le sien. Et j'ai trop d'amour-propre pour lui laisser voir qu'après tout c'est peut-être vrai. Comment pourrais-je lui faire comprendre que vient le moment où une différence d'âge devient une différence de sentiments. Elle me plaît, elle me touche, elle m'émeut, elle occupe toutes mes pensées ; je lui dois la seule joie qui me reste mais je ne demande pas plus. Or, si elle redoute tellement d'être vue en ma compagnie, c'est qu'elle se considère déjà comme ma maîtresse. Je calcule... Combien de temps s'est-il passé depuis la mort de Jonquière ?... Est-ce possible ! Si peu de temps, en somme, et pourtant notre rencontre prend déjà les allures d'une liaison. Et, je ne sais pourquoi, cela me gêne. Me voilà une fois de plus perdu dans un labyrinthe de réflexions épuisantes et vaines. A demain, si j'en ai le courage !

Je me relis. Non, je n'en ai pas le courage. Je n'ai rien écrit depuis la semaine dernière. Nous nous voyons à peine. Quelques instants dans la bibliothèque, mais sagement éloignés l'un de l'autre parce que nous avons maintenant des visiteurs, des pensionnaires qui viennent voir les livres que j'ai achetés et qui profitent de l'occasion pour bavarder comme ils savent le faire, interminablement et d'abondance, jamais lassés de leurs rabâchages. Quelques instants, le soir, au dîner. (Vilbert est revenu. Il a maigri. Il est toujours aussi insupportable.) Une ou deux fois dans le parc, les yeux aux aguets comme si nous étions égarés dans une jungle dangereuse. Je crois que nous prenons des précautions excessives mais Rouvre est si méfiant ! Lucile m'a dit qu'il lui avait déjà demandé si elle n'allait pas bientôt renoncer à ses fonctions de bibliothécaire.

— Je commence à en avoir assez, m'a-t-elle déclaré, avec une rage mal contenue. Je veux bien me dévouer mais il y a des limites.

Hier matin, elle m'a fait parvenir un billet : *A dix heures ce soir, sur la terrasse. Si je peux.* Et elle n'est pas descendue dîner.

Pourquoi sur la terrasse ? Certes, l'endroit n'est pas mal choisi, elle le sait encore mieux que moi. Mais justement, il devrait lui rappeler des souvenirs infiniment pénibles. C'est sans doute la raison pour laquelle, au dernier moment, elle a renoncé. Je l'ai attendue en vain. La balustrade a été surélevée. Personne ne passera plus par-dessus. J'ai rêvé longtemps à notre amour, en regardant les étoiles. La seule solution qui s'offre à nous, une fois éliminés la bibliothèque, le parc, le café, l'hôtel, c'est encore la plage. Là, qui nous remarquerait ? Dans le grouillement des vacanciers, nous deviendrons un couple anonyme. Il me suffira de louer deux chaises longues et un parasol. Personne des *Hibiscus* ne se risquerait en ce mauvais lieu où n'hésitent pas à s'exhiber des femmes aux seins nus. Voilà que je me mets à parler comme les vieilles dames de la pension ! C'est que, malgré tout, il me reste encore un peu d'humour. Le seul bienfait de l'âge, sans doute. Mon bonheur, je sais, par moments, l'écarter de moi pour en sourire.

Eh bien, ça y est ! Le rendez-vous sur la plage a eu lieu. Hier. Et il nous a placés dans une situation bien étrange, c'est le moins que je puisse dire. C'est donc avant-hier soir que j'ai profité de la minute de grâce que nous laisse Vilbert au dessert — car il part toujours le premier — pour inviter Lucile à me rejoindre sur la plage. Tout d'abord, elle n'a pas manifesté un grand enthousiasme, ne voyant que les risques courus. Et puis elle a compris tous les avantages qu'offrait ma proposition et elle a accepté.

J'abrège. Rendez-vous pris à quatre heures. Prétexte : une dent à faire soigner. Rouvre sera bien obliger de se résigner. Évidemment, il peut téléphoner à la secrétaire du dentiste pour vérification, mais Lucile pense qu'il n'osera pas. Nous sommes tout joyeux, comme des gosses à qui l'on vient de promettre une escapade. Et c'est la plage à l'heure bruyante où commencent les baignades. J'ai loué deux matelas. J'ai acheté des jus de fruits. Je l'attends avec la peur au ventre qu'elle ne vienne pas. Et soudain c'est elle, vêtue d'une légère robe aux couleurs gaies. Elle se couche près de moi. Nous restons silencieux un long moment, comme nichés au plus creux d'un épais buisson de cris, d'appels, d'éclaboussements. Je pense à la chanson : *Les Amoureux sont seuls au monde,* et je saisis doucement le poignet de Lucile.

— Ça va ?

Elle se tourne sur le côté pour me faire face. Son visage est tout près du mien. Il est grave.

— Voyons, dis-je, il y a eu une scène ? Vous vous êtes disputés ?

— Non.

— Alors ?

Elle ferme les yeux. Je serre plus fort son poignet.

— Vous ne voulez pas me dire pourquoi vous êtes triste ?

— Je n'ose pas.

Elle sent que je l'observe avec inquiétude. Elle soulève un peu les paupières et j'aperçois son regard trouble. Ses cils battent. Ils sont humides.

— Lucile... Vous pleurez ?

— Non.

— Voyons, Lucile, qu'est-ce qu'il y a ?

Elle se tait mais sa bouche frémit comme si elle résistait à la montée d'un aveu difficile. Elle se rapproche un peu plus de moi. Je sens son souffle sur mes lèvres.

— Michel... Vous me promettez que vous ne m'en voudrez pas ?

— Je vous le promets.

— Michel... Je voudrais être votre femme... rien qu'une fois s'il le faut... mais pour que nous puissions mieux supporter cette continuelle séparation... pour qu'il y ait entre nous un lien qui résiste au temps... Je ne puis pas m'expliquer mais je suis sûre que vous me comprenez... Sinon, Michel, vous vous lasserez de moi.

Ses yeux m'étudient avec angoisse.

— Je ne veux pas vous perdre, reprend-elle. J'ai l'air de me jeter à votre tête. Mais c'est que je vous aime. Ne me repoussez pas, Michel.

— Lucile... Comment pouvez-vous croire ?...

Moi aussi, j'ai souvent et longtemps pensé à nous... Si vous saviez !

Je réfléchis. La grande fête des corps libérés se poursuit autour de nous, dans l'aveuglante lumière de l'été. Il y a peut-être un moyen, un peu désespéré, d'y participer. Je pose ma main sur le flanc de Lucile, en prenant bien soin que mon geste n'ait rien d'équivoque.

— Lucile chérie... Rapproche-toi encore.

Nos fronts se touchent.

— Je vais te dire... nous ne sommes plus des enfants... l'amour, nous l'avons fait bien des fois... et souvent par curiosité, par habitude... et même par dégoût... Vrai ?

Sa tête appuyée sur la mienne dit : oui.

— Et tu as pu remarquer... Il ne supprime pas le doute... on peut très bien être trahi au plus fort de la volupté... Vrai ?

— Oui.

— Et tu sais pourquoi ? Parce qu'on ne sait pas parler l'amour. Il est une bataille. Pas un échange. Du moins, c'est comme ça que les choses se passent quand on est jeunes. Mais nous, Lucile, qu'est-ce qui nous empêche de nous dire l'amour... ici... maintenant... Le dire... c'est encore mieux que de le faire.

Elle s'écarte un peu de moi, pour voir si je parle sérieusement.

— Mais, oui, Lucile, je le pense profondément. L'intimité, c'est bien plus que le secret des corps dévoilés. C'est... oui... c'est n'être plus gêné par rien. C'est se raconter, corps et âme... Voilà que tu me fais faire de la littérature... Mais tu me comprends, n'est-ce pas ?

Elle me fixe intensément. Ses yeux sont comme deux étoiles chaudes. J'ai honte, soudain, d'abuser de sa confiance pour épargner ma vanité de mâle détruit par les ans. Et en même temps je n'ai pas l'impression de vraiment mentir.

— Je crois que tu as raison, murmure-t-elle. Et moi, j'ai envie de lui dire que non, que je n'ai pas autant raison qu'elle le croit et que... C'est soudain un déferlement d'images érotiques, dans ma tête. Ah, Dieu ! Avoir trente ans, encore une fois, et ne plus s'embarrasser de paroles ! Mais je suis bien forcé de reprendre mon rôle de vieux sage tombé en tendresse comme d'autres tombent en enfance. Je la vois rire.

— Michel, mon chéri... c'est vrai que tu ne ressembles à personne. Dis-moi encore l'amour !

Et je parle ! Et je parle ! Et je finis par me persuader que je suis très fort, très habile. Et nous nous serrons l'un contre l'autre, frustrés mais englués de mots et oubliant où nous sommes. Quand nous sortons de notre engourdissement, il est cinq heures et demie, et elle se met vivement debout. Elle est prête en un clin d'œil.

— Qu'est-ce que je vais me faire passer, dit-elle, comme une gamine prise en faute.

Elle se baisse et m'embrasse sur le front.

— Reste, mon romancier.

Elle ajoute en riant :

— Mon amant de papier !

Je me soulève sur un coude pour la regarder

s'éloigner. A-t-elle voulu se moquer ? Non. Elle ne risque guère de verser dans l'ironie. C'est un mot qui lui est venu comme ça, pour dire que mon amour est un amour d'écrivain, quelque chose qui va de la tête au stylo, qui reste cérébral ; c'est certainement ce qui l'étonne et la touche. Et moi, c'est ce qui me laisse un goût d'amertume. Tout cela sent le ratage. Et même si, au lieu de raconter la scène en la réduisant à l'essentiel, je la développais, je la restituais dans sa totalité vécue — mais saurais-je le faire ? — eh bien, je ne réussirais pas à en masquer le côté artificiel. Inutile de feindre ! Je me suis dérobé, un point c'est tout. Je me suis défilé. *J'ai eu peur !* Mais peur de quoi, bon Dieu ? Des complications ? Ou bien n'est-ce pas plutôt que, depuis que je me suis retiré à l'abri de la vie, j'ai perdu le contact avec la vraie réalité ; les vrais sentiments, et que je suis incapable d'un vrai amour ? Cet amour pour Lucile, peut-être que je le rêve. Comment en décider ?

Nous ne sommes pas retournés à la plage. Mais nous nous sommes rencontrés en ville, comme des promeneurs qui font un bout de chemin ensemble. Quoi de plus naturel ? de moins compromettant ? Nous marchons côte à côte comme si nous échangions les propos les plus anodins. Nous parcourons quelques centaines de mètres, pas davantage. Et nous jouons, pendant ce temps, au jeu de l'intimité, dont la règle principale est qu'on se dit tout. Et elle me raconte la jalousie de Rouvre, ses violences, ses exigences sexuelles d'autrefois. Je me demande parfois si elle ne fait pas exprès de me mettre le feu aux joues. Il entre assez vite beaucoup de perversité dans notre jeu. Et c'est une Lucile inconnue qui se dévoile peu à peu, à la fois sentimentale et réaliste, vindicative aussi, ô combien ! mais, en outre, futée, retorse, bref une femme avec laquelle il faut compter.

Nous nous séparons sur un salut et une poignée de main. « Je t'aime, Michel. » « Moi aussi, Lucile. » Personne, en nous voyant, ne peut se douter que nos sourires polis sont des baisers.

Pendant le dîner, le jeu continue, sous les yeux de Vilbert. On dirait que Lucile se complait à frôler le danger. Sa main effleure la mienne. Son pied me cherche. C'est ridicule. Ça fait vaudeville et il me paraît qu'elle charge, comme si elle se forçait à jouer un rôle. Je crois qu'elle n'a pas bien compris ce que je me suis efforcé de lui expliquer, sur la plage, et qu'elle essaye de me plaire en faisant du zèle, comme un disciple un peu borné.

Il m'est arrivé, une fois, de me poser la question : « Et si elle avait raison ? Si j'allais me lasser d'elle ? » Mais alors, je n'aurais plus qu'à faire mes paquets et me chercher un autre asile !

Catastrophe ! Vilbert nous a surpris. La bibliothèque allait fermer. Nous avions eu pas mal de visiteurs. Tandis que Lucile inscrivait les noms sur le registre des prêts, moi, j'allais chercher les livres demandés. A quatre heures dix, j'expédie notre dernier client et nous nous retrouvons seuls. Lucile se lève et me dit :

— Excuse-moi, Michel. Je ne peux pas rester plus longtemps.

— Xavier ?

— Eh oui, Xavier. Embrasse-moi, Michel, pour me donner du courage.

Je la prends dans mes bras. Je sens que quelqu'un pousse la porte.

— Oh ! pardon, dit Vilbert.

Nous nous séparons précipitamment, mais trop tard. Vilbert a déjà refermé la porte. Lui courir après, ce serait rendre la situation encore plus embarrassante. Lucile est devenue toute pâle. Elle s'assied.

— Toute la maison va être au courant, murmure-t-elle.

Je suis moi-même consterné. Je sais qu'elle a raison, que Vilbert parlera, qu'il racontera la chose à sa façon, en ponctuant son récit de petits rires gourmands. Françoise sera informée... et ensuite Clémence... et de proche en proche nos voisins et les voisins de nos voisins.

— Il est capable d'avertir Xavier, dit-elle.

— Mais ton mari ne reçoit personne.

— Il reçoit du courrier. Il suffirait d'une lettre anonyme ; ou d'un coup de téléphone.

Je proteste. Vilbert est une mauvaise langue, mais il n'est pas homme à dénoncer... Lucile ne m'écoute pas.

— L'horrible bonhomme ! s'écrie-t-elle. Comment le faire taire.

— Veux-tu que je lui explique...

Elle me coupe la parole avec colère.

— Lui expliquer quoi ?... Lui demander quoi ?... Jamais de la vie !

— Ne te fâche pas.

— Mais je ne me fâche pas. Seulement...

— Seulement quoi ?

Elle hausse les épaules, saisit son sac et se dirige vers la porte.

— Lucile... Rien n'est perdu... Je vais...

Elle sort sans m'écouter. Et ce soir, j'ai dîné seul. Vilbert ne s'est pas montré. Lucile non plus. Voilà bien l'incident idiot qui n'aurait pas tiré à conséquence s'il s'était produit autrefois, quand nous étions jeunes, mais qui, dans le milieu confiné où nous vivons, éclate comme un coup de grisou. Je n'ai pas faim. J'éprouve une intense impression de culpabilité. L'attente de la punition. Le trac. Le sentiment que je vais perdre connaissance.

Je devrais me moquer de tout cela. A mon âge, rien ne peut plus m'atteindre. Qu'on ricane derrière mon dos, après tout, je m'en fiche complètement. Eh bien non. Il n'y a qu'un moyen d'arrêter net les ragots : c'est d'éviter Lucile, de rompre, voilà tout. Et je suis sûr que de son côté elle est en train de se dire la même chose. C'est ça, ou étrangler Vilbert. Il n'y a pas de milieu.

Triste journée. J'ai bien observé Françoise. Elle ne sait rien. Clémence n'est pas venue, puisque ma série de piqûres est terminée, sans d'ailleurs que je me sente beaucoup mieux. J'ai flâné dans le parc. J'ai rencontré le général, tout à son projet d'atelier ; Mme Berthelot, qui m'a longuement parlé de ses rhumatismes et recommandé son acupuncteur. J'ai salué d'autres pensionnaires qui ne se sont pas retournés sur mon passage. Calme plat, en somme. Mais enfin Vilbert ne va pas courir après les gens pour les mettre au courant ! La nouvelle ne se répandra que très lentement et si nous nous comportons, Lucile et moi, avec adresse, ce qui signifie avec une certaine froideur, les gens penseront peut-être que Vilbert s'est trompé, qu'il a vu, une fois de plus, le mal où il n'était pas.

Il n'est donc pas question de rompre. Au fond, je n'ai jamais cru qu'il faudrait en arriver là. Espacer nos rencontres, soit. Cela m'arrangerait plutôt car les effusions de Lucile me font un peu peur. Mais je serais cruellement privé si je devais me passer de nos conversations amoureuses. Elles font courir dans mes artères un petit feu bien agréable. Donc, prudence accrue. J'ai déjeuné seul. J'ai dîné seul. Ni Vilbert ni Lucie ne sont pressés de se revoir. Ils prennent le temps de se composer une attitude. Mais je n'ose encore espérer !

9 heures et quart.

C'est à peine croyable. Vilbert est mort. Je l'ai appris il y a moins d'une heure. Je suis bouleversé.

15 heures.

Je reprends mes notes. J'ai besoin de mettre un peu d'ordre dans mes idées. Tout ce qui arrive est si bizarre.

C'est Françoise qui a découvert le corps, ce matin. A huit heures et demie, comme d'habitude, elle apportait le petit déjeuner de Vilbert, thé, lait, pain rôti, confitures... Elle frappe. Il ne répond pas. Elle ouvre avec son passe. Vilbert est étendu sur la descente de lit, au milieu d'une grande flaque de sang. Il y a également du sang sur les draps, sur la couverture, un vrai carnage. Affolée, Françoise alerte le bureau. Sur le moment, elle a cru que Vilbert avait été assassiné.

Mlle de Saint-Mémin prend les choses en main, appelle le Dr Véran. Et voici l'explication : Vilbert a succombé à une hémorragie violente, certainement imputable à un excès de Pindioryl. Il prenait régulièrement ce produit anticoagulant pour soigner son cœur dont les coronaires n'étaient pas en très bon état. Mais comme il souffrait aussi d'un ulcère, il aurait dû faire très attention à ne pas dépasser la dose autorisée, car, si cet ulcère, pour une raison quelconque, se mettait à saigner, il devenait très difficile d'arrêter l'hémorragie. Et malheureusement, c'est ce qui est arrivé. Si l'accident s'était produit alors que Vilbert était sorti de sa chambre, il aurait été possible de le soigner; peut-être ! Ce n'est même pas certain. Il aurait fallu intervenir dès le début de l'hémorragie. Or, les risques d'accident étaient beaucoup plus grands à l'heure de la digestion, c'est-à-dire après le déjeuner, quand Vilbert faisait la sieste, et après le dîner. Donc, quand il était seul.

L'objection qui vient tout de suite à l'esprit, je l'ai faite au Dr Véran, que j'ai rencontré dans le hall :

— La mort n'est tout de même pas instantanée, voyons, docteur ! Ce pauvre Vilbert aurait eu le temps d'appeler ; il n'avait qu'un tout petit effort à faire pour sonner Clémence.

— Attention, m'a répondu Véran. N'oubliez pas que M. Vilbert était très affaibli par la maladie. Je suis à peu près certain que la syncope qui l'a terrassé ne lui a pas laissé le temps de se défendre. Il a senti que la tête lui tournait ; il a essayé de se lever et il s'est effondré aussitôt sur le parquet.

— Et s'il avait pu sonner Clémence ?

Moue dubitative. Le Dr Véran a l'air de croire que le cas était désespéré. Il ne veut pas me dire que Vilbert, étant donné son âge... Mais je vois bien ce qu'il pense. Nous n'intéressons plus les médecins. Pour eux, un peu plus tôt, un peu plus tard !... J'insiste.

— Une transfusion l'aurait peut-être sauvé ?

— Peut-être... Voyez-vous, ajoute-t-il, ce pauvre M. Vilbert abusait des remèdes. Je l'avais déjà mis en garde. Mais il n'écoutait personne.

— Je m'en suis aperçu, dis-je. Et de plus il n'était pas très scrupuleux sur les doses. Moi qui prenais mes repas à la même table, je lui en faisais souvent la remarque.

— C'est un bien regrettable accident, conclut Véran.

Personnellement, je dois reconnaître que je ne regrette rien. Bien sûr, je le plains, le malheureux.

Et puis, j'étais tellement habitué à ses façons abruptes. Il va me manquer ! Mais il ne bavardera plus à tort et à travers. Quel soulagement ! Vraiment, il ne pouvait mourir d'une façon plus opportune. Nous allons respirer !

21 heures.

Lucile a dîné avec moi. Ces deux places vides, en face de nous, ne peuvent pas ne pas nous impressionner. Nous devons supporter les commentaires de Gabriel, le maître d'hôtel.

— Quelle fatalité ! dit-il. M. Vilbert après M. Jonquière ! Deux personnes si aimables ! Que voulez-vous ! Nous ne sommes pas éternels !

C'est le genre de réflexion qu'on peut se permettre quand on a, comme lui, une cinquantaine d'années. Il enchaîne aussitôt avec une inconsciente cruauté.

— Je vous recommande le poulet demi-deuil, une merveille !

— Quel imbécile, chuchote Lucile, dès qu'il s'éloigne.

— Ton mari ? dis-je.

— Je l'ai mis au courant. Ça ne lui a fait ni chaud ni froid, tu sais. Vilbert était un inconnu, pour lui.

— Nous voilà enfin tranquilles.

Silence. Il est encore trop tôt pour que nous en disions plus. J'observe qu'il y a entre nous une sorte de gêne, de froideur, comme si nous étions pour quelque chose dans la mort de Vilbert. D'un commun accord, nous abrégeons le repas.

— Les obsèques auront lieu quand ? me demande-t-elle.

— Après-demain, j'imagine. Dès que son fils sera là.

— Il ne parlait jamais de lui.

— Ce n'est que son fils adoptif, et je crois qu'ils ne s'entendaient guère.

— Tu as toujours l'intention d'occuper son appartement ?

— Ma foi, c'est un sujet auquel je n'ai pas eu beaucoup le temps de penser. Mais oui. Si Mlle de Saint-Mémin n'a pas changé d'avis.

Je quitte la table derrière Lucile et la rejoins dans l'ascenseur. Rapide échange de baisers, mais de baisers comme on s'en donne entre parents. Est-ce que nous réussirons à oublier Vilbert nous disant : « Oh ! pardon » sur le seuil de la bibliothèque ?

Je devrais me sentir à l'aise, délivré, et je suis accablé. Je repense à l'appartement de Vilbert. J'en passe en revue tous les avantages. Mais j'entrevois la fatigue, les soucis de ce déménagement que je désire pourtant depuis des mois, et cela m'écœure. Et puis, je dormirai dans son lit. Un lit d'hôtel, ce n'est pas pareil. On ignore qui l'a occupé. C'est un lit qui, appartenant à tout le monde, n'appartient à personne. Tandis que le lit de Vilbert, c'est celui de son agonie. Je ne suis pas superstitieux, mais quand même...

Huit jours sans toucher à ce qui ressemble, maintenant, à un journal. J'occupe depuis hier l'appartement de Vilbert. J'écris sur sa table ; je rêvasse dans son fauteuil. J'ai eu beau modifier la place de certains meubles, pour me donner l'illusion d'être toujours chez moi, je suis chez lui. Et cette impression désagréable va durer un certain temps, je le crains.

L'enterrement s'est déroulé comme les précédents. Le fils de Vilbert est un garçon d'aujourd'hui : cheveux longs, pas de cravate, pas de veste. Et surtout pas de manières. Je comprends mieux l'amertume de son malheureux père. Évidemment, on ne sait pas qui on adopte. Il s'est empressé de faire main basse sur tous les objets personnels de Vilbert. J'ai tort de dire : faire main basse, puisqu'il est le seul héritier, mais j'ai senti son avidité et c'était bien déplaisant. Son indifférence aussi. A peine s'il a consenti à s'habiller un peu plus décemment pour monter au cimetière. Je lui ai racheté un beau bahut ancien, pour conserver un souvenir de Vilbert. Il est là, à droite de la fenêtre.

J'y ai rangé une partie de mes livres. Les autres meubles sont la propriété de la maison. Je suis éreinté. J'ai transporté moi-même d'un appartement à l'autre les choses que je ne voulais pas confier à une personne étrangère : mon linge, mes costumes, mes papiers, et, à cause de ma mauvaise jambe, c'est une pénible épreuve. Mais le plus rebutant est fait. Je n'ai plus qu'à me rendre familières ces trois pièces où je cherche encore mon chemin. Les bruits ne sont plus les mêmes. Le soleil a changé de parcours, et pour la première fois je sens les parfums du jardin. Lucile a eu un joli geste, dans l'après-midi. Elle m'a apporté une rose, dans un vase à long col. Je l'avais attendue vainement dans la bibliothèque. Elle n'y vient plus depuis la mort de Vilbert. Et puis, alors que je procédais à des rangements, elle a gratté à ma porte.

— Tiens, m'a-t-elle dit, pour que tu penses à moi.

— Entre. Tu as bien une minute.

— Non. Je ne fais que passer.

Elle surveillait le couloir. Je la pris doucement par le poignet. Elle résista.

— Je t'en prie. J'ai eu trop peur, avec Vilbert... Plus tard... On s'organisera mieux.

S'organiser ! Comme si nous n'avions pas déjà examiné toutes les solutions possibles. Faudra-t-il donc toujours prendre des précautions de cambrioleur ? La rose est là, devant moi. Elle vient de perdre solennellement un pétale sur le bord de la table. Symbole ! Avertissement ! Déclin ! Je vais me coucher.

Minuit.

Je note tout de suite, parce que, maintenant, je ne trouverai plus le sommeil.

Une fois couché, j'ai voulu allumer ma lampe de chevet et j'ai donc appuyé sur le bouton de la poire dont le fil descend à portée de main le long de la tête du lit. Une fois. Deux fois. Rien. Je me suis alors aperçu que c'est un commutateur qui commande la lampe. La poire, elle, déclenche par conséquent la sonnerie qui appelle Clémence, en cas d'urgence. Dans mon ancienne chambre, c'était le contraire. On allumait la lampe à l'aide de la poire et on appelait Clémence à l'aide d'un bouton de sonnette classique.

Dès que j'ai constaté ma méprise, je me lève pour aller au-devant de Clémence et m'excuser. Je passe dans le couloir; j'écoute. Aucun bruit. Je fais quelques pas. Je suis tout près, maintenant, de la chambre de Clémence. Elle ne dort pas, car j'aperçois un fil de lumière sous sa porte. Dois-je frapper, lui chuchoter de ne pas se déranger? Ou bien n'a-t-elle pas entendu? Mais si elle n'a pas entendu, c'est que la sonnette ne fonctionne pas. Je veux en avoir le cœur net. Je rentre dans ma chambre, en laissant ouverte la porte d'entrée. Je sonne, deux, trois, quatre fois, l'oreille tendue. Rien ne se produit. Clémence ne bouge pas. La sonnette est morte. Mais alors?... Vilbert a eu beau sonner...

Je ne suis pas un vrai bricoleur, mais je n'ignore pas comment on ouvre une poire électrique. Il suffit d'en dévisser les deux moitiés, ce que je fais sans difficulté, et je découvre immédiatement l'origine de la panne. L'un des deux fils est débranché. L'écrou qui le maintenait en place s'est desserré. Ainsi, le malheureux a pu appeler au secours. Clémence ne s'est doutée de rien.

Quelle fatalité ! Si cette maudite sonnette avait fonctionné, peut-être aurait-on pu intervenir à temps. Je crois assister à l'agonie de Vilbert. Il sent ses forces l'abandonner. Il appuie, il appuie sur ce bouton qui ne transmet plus aucun son. Désespéré, épuisé, il essaye de se lever, sans doute pour gagner le couloir et appeler. La syncope le terrasse. C'est fini. Horrible ! Encore une fois, l'accident stupide... comme pour Jonquière...

Coup au cœur !

Car Jonquière, précisément, n'a pas été victime d'un accident !

6 heures.

Je n'ai pas fermé l'œil. Des idées affreuses me torturent. Reprenons. Peut-être, la plume à la main, vais-je y voir plus clair.

Admettons que le fil ait été débranché *exprès.* L'hypothèse n'est pas absurde. Vilbert était d'un naturel très méfiant, d'accord, mais il lui arrivait certainement — comme cela nous arrive à tous — de ne pas fermer sa porte à clef. Facile de s'introduire chez lui et de saboter la sonnette. Mais attention ! S'il ne s'agit pas d'un accident mais d'un crime — je suis bien obligé d'appeler la chose par son nom — le criminel aurait donc prévu l'hémorragie ?

Et pour la prévoir, il fallait la provoquer. Et pour la provoquer, il fallait faire avaler à Vilbert des doses excessives de Pindioryl ou de tout autre produit similaire... Tout cela se tient. C'est bien raisonné. Et pourtant j'ai l'impression que je me laisse emporter par mon imagination. Mais allons jusqu'au bout, pour voir. Ces doses dangereuses, comment les administrer à Vilbert à son insu ? Pendant les repas, impossible. Alors ?

Alors, il y a un moyen tout simple. Françoise pose ses plateaux, le matin, sur la table du couloir. Elle apporte, mettons le mien. Elle a toujours quelque chose à raconter. Quelquefois, c'est elle qui ouvre les rideaux. Elle bavarde, pendant deux ou trois minutes. Ce n'est rien, deux ou trois minutes. Cependant, cela permet à quelqu'un de résolu de verser dans la théière de Vilbert le produit mortel, soit sous forme de poudre, soit sous forme de liquide. Comme Vilbert est le seul, à l'étage, qui prenne du thé, il n'y a pas d'erreur possible. Donc, il est établi que le crime est facilement réalisable.

Mais pourquoi ce crime ? C'est ici qu'il ne s'agit pas d'accuser à l'aveuglette. Il me paraît maintenant à peu près certain qu'on a voulu tuer Vilbert. Mais en outre, on a sans doute voulu le tuer *vite.* On ne s'est pas contenté de lui administrer des doses progressivement dangereuses d'anticoagulant, pour le tuer à terme, en quelque sorte. On a eu recours, d'emblée, à une ou plusieurs doses massives. Évidemment, c'est un point qu'il est impossible de prouver ; Vilbert ne dépassait-il pas lui-même, largement, les doses prescrites ? Mais je repose ma question : pourquoi ?

Vilbert ne causait de tort à personne. Qui donc avait intérêt à le supprimer ? Qui avait intérêt à lui fermer la bouche le plus rapidement possible ?... Moi, à cause de Rouvre ! Et comme ce n'est pas moi... c'est elle ! Car enfin, la coïncidence est pour le moins curieuse. Vilbert nous surprend et il meurt le surlendemain. Et qui a dit : « L'horrible bonhomme ! Comment le faire taire ? »

La conclusion s'impose d'elle-même.

10 heures.

J'ai jugé préférable de ne pas parler de l'incident de la nuit à Clémence. J'ai tout simplement réparé la poire, ce qui n'était pas bien difficile. Signaler, en effet, qu'il y a eu sabotage, c'est suggérer, inévitablement, que Vilbert n'est pas mort accidentellement. Et d'ailleurs, si je prononçais le mot de sabotage, ni Clémence, ni Mlle de Saint-Mémin, ni personne, ne me croirait. Pour une raison très simple : personne ne serait en mesure d'établir un rapprochement entre la mort de Jonquière et celle de Vilbert. Je suis le seul, ici, à le pouvoir. Je suis le seul qui sache, *avec certitude,* que Jonquière a été poussé. A cause des lunettes rapportées dans sa chambre. Et, s'il a été poussé, c'est par Lucile. Et si Vilbert a été exécuté, c'est également par Lucile. Lucile qui s'est trouvée deux fois en présence d'ennemis qui allaient attiser la jalousie de Rouvre, ce qu'elle n'a pu supporter. Mais cela, je dois le taire.

Je dois le taire parce que j'aime Lucile. Mais je dois le taire aussi parce qu'elle a peut-être agi pour nous protéger tous les deux. Laisser à Vilbert la liberté de parler, cela revenait à rendre publique notre liaison, donc à me perdre. Ah ! Dieu que je déteste ce mélo ! « Et je me perds ! Et je te perds ! Non, jamais. J'aime mieux l'assassiner ! » Je suis en train de faire du Sardou, ma parole !

Mais si les mots sont de mauvais goût, la chose est bien réelle. Lucile a tué et je suis bien obligé de lui trouver des motifs. Or, ces motifs, logiquement, se réduisent à deux : elle a eu peur, pour elle et puis pour moi. Si je veux bien voir les choses en face, je suis, moi aussi, impliqué dans cet assassinat. Et comme elle n'est pas sotte... non, c'est idiot, j'allais écrire qu'elle sait que je sais. Impossible ! Comment se douterait-elle que j'ai découvert aussi rapidement le traitement qu'elle a fait subir à la poire ? Je n'ai jamais besoin de sonner Clémence. Normalement, qu'aurait-il dû se passer ? Un beau jour, dans plusieurs semaines, ou plusieurs mois, j'aurais fortuitement remarqué que ma sonnette ne fonctionnait pas et je n'y aurais attaché aucune importance. Non, Lucile ne courait aucun risque, même pas celui d'éveiller mes soupçons.

15 heures.

Je n'en finis pas de ruminer des pensées mélancoliques. J'ai déjeuné du bout des lèvres, seul. Je remarque qu'on jette vers ma table des regards apitoyés. Combien se disent : « Jamais deux sans trois. » Et, ma foi, j'accepterais volontiers de disparaître plutôt que de traîner cette espèce de chagrin qui m'embrume le cœur. Car j'ai vraiment du chagrin. Quand je songe à l'habileté dont Lucile a fait preuve, je me sens glacé. Habileté et surtout esprit de décision, car, pour Jonquière comme pour Vilbert, elle a bien été forcée d'improviser. En rejoignant Jonquière sur la terrasse, elle ignorait sûrement que la scène allait s'achever tragiquement, mais elle n'a pas perdu la tête et a imaginé sur-le-champ le coup des lunettes. Et de même, surprise dans mes bras par Vilbert, elle n'a pas hésité et elle a inventé la riposte, et quelle riposte!

D'abord se procurer un anticoagulant, mais cela lui était relativement facile, soit qu'elle l'ait obtenu grâce à une ordonnance concernant son mari et à laquelle elle ajoutait une ligne; soit qu'elle ait tout bonnement pris le produit dans la chambre de Vilbert. Deux meurtres remarquablement camouflés en accidents. Et, encore une fois, si je n'étais pas sûr que Jonquière les portait bien, ses lunettes... moi aussi, j'y croirais, à ces accidents. Il y a même des moments où j'y crois encore, où je sens vaciller mon édifice d'hypothèses, tellement j'ai besoin de me persuader que Lucile est innocente.

Depuis huit jours, nous avons presque chaque soir dîné ensemble. Et il n'y a jamais eu, dans son attitude, le moindre signe qui pût éveiller mes soupçons. Nous avons à plusieurs reprises parlé de Vilbert. Elle a été la première à s'apitoyer sur cette fin affreuse. Elle n'a pas caché que la mort de Vilbert faisait bien notre affaire, mais cela, je l'ai dit moi-même, et dans les mêmes termes. D'habitude, on devine, à je ne sais quoi dans la voix, dans l'expression du visage, l'arrière-pensée qui dément l'apparente sincérité du propos. Or, je n'ai rien perçu qui ne fût juste. Pousser la dissimulation à un tel degré me paraît impossible. Mais il est vrai que je viens à peine de découvrir la culpabilité possible de Lucile. Jusqu'à présent, sans méfiance, je l'écoutais sans l'étudier. C'est à partir de maintenant que je vais me tenir sur mes gardes.

Après tout, Arlette aussi m'a caché la vérité jusqu'à la fin. Je n'ai rien vu, rien compris. Quand je l'ai quittée, alors qu'elle était déjà, et depuis longtemps, décidée à partir, nous nous sommes embrassés, sur le seuil du salon, tendrement, amoureusement, et elle m'a même dit : « Reviens vite ! » Pourquoi Lucile ne me tromperait-elle pas à son tour ? Peut-être serait-il aisé d'en avoir le cœur net. Peut-être me suffirait-il de lui poser crûment la question : « Pourquoi nous as-tu débarrassés de Vilbert ? » Mais si elle me répondait : « Pour que nous ne soyons pas séparés », que pourrais-je lui reprocher ?

Et puis, je vois bien qu'il me sera toujours interdit de l'interroger. Nous nous sommes promis de tout nous dire et pourtant, parce que nous ne sommes amants qu'en paroles, il y a une franchise ultime, faite de complicité charnelle, qui nous est défendue. Après l'amour, oui, je pourrais lui dire : « J'ai tout compris... pour Jonquière et pour Vilbert, et tu vois, cela ne change absolument rien. N'y pensons plus ! »

Mais, prononcée à froid, la même phrase aurait

l'air d'insinuer une accusation, et, telle que je crois connaître Lucile, elle se rebifferait. Or, la moindre querelle, justement, parce que nous n'avons plus l'âge de nous réconcilier sur l'oreiller, risquerait de créer l'irréparable.

Reste à savoir si cet irréparable, je le redoute. Et cela, franchement, je l'ignore. Cette femme, doublement criminelle, est-ce que j'ai le droit de continuer à... Mais je me fous du droit ! Lucile m'aide à vivre, et c'est cela qui importe. Coupable ? Non coupable ? Je ne suis pas un juré. Je n'ai pas à instruire un procès et surtout je ne dois à aucun prix lui donner à sentir que je l'instruis. Désormais, je n'aurai que l'incertitude en partage.

Eh bien, marchons pour l'incertitude et que cesse ce rabâchage !

23 heures.

Je me relis. Rien à ajouter. A noter cependant une réflexion de Lucile, au dessert.

— Qu'est-ce que tu as, Michel ? Tu parais tourmenté. Oh si, je vois bien qu'il y a quelque chose.

Si elle commence à soupçonner que je la soupçonne, dans quel labyrinthe de feintes, de détours, d'esquives et de dérobades allons-nous bientôt nous perdre ! Je m'en tire en lui disant que, malgré ma tisane, je dors mal. Pour éloigner sa pensée de la zone dangereuse, je lui raconte l'histoire de mon pot d'anis, ce qui m'amène à lui parler de mes pêches d'autrefois, des rapports subtils et mystérieux entre l'anis et la brème. Je m'anime ; j'oublie mes doutes.

Nous rions. Allons ! Puisque le présent est une espèce de no man's land, le passé sera mon refuge. Je serai pour elle le troubadour de mon enfance, ce qui nous permettra d'oublier Jonquière, Vilbert et, avec un peu de chance, Rouvre lui-même. Mais que devient l'amour quand il se résigne à reconnaître que certains sujets lui sont interdits ?

Je reprends mon cahier après plusieurs jours, je pourrais dire d'errance. Car je ne vois pas comment appeler autrement cet état de flottement qui me voit dériver d'une idée à l'autre, d'un projet à l'autre, d'une frayeur à l'autre. Où vais-je? Où allons-nous?

Lucile, depuis la mort de Vilbert, semble avoir perdu un peu de sa prudence, comme si le seul ennemi qu'elle eût à craindre avait disparu. Dès qu'elle a senti le calme revenu dans la maison, elle a repris confiance. Elle n'a manqué aucun dîner. Je dois même noter qu'elle est plus gaie, qu'elle montre un bel appétit, alors que moi, dès que je songe à la mort affreuse de Vilbert, je suis incapable d'avaler une bouchée.

Pour ne pas contrarier son mari, elle a renoncé à s'occuper de la bibliothèque, mais c'est elle, maintenant, qui, acceptant les risques, me donne rendez-vous en ville, devant une librairie ou un café. Nous marchons côte à côte pendant une petite demi-heure. J'ai eu la faiblesse de lui avouer que j'avais failli me suicider, par ennui, et elle a été bouleversée. J'aime bien quand elle est bouleversée. D'abord, parce qu'elle devient belle. Et ensuite parce que le tourment que je lui cause fait disparaître le mien. Je cesse brusquement de me dire : « C'est elle. C'est bien elle. Personne d'autre n'a pu tuer Vilbert. » Je n'ai qu'à regarder ses yeux assombris par une soudaine angoisse pour éprouver un calme délicieux. Aussi ai-je ajouté que je suis loin d'être guéri, que je risque à chaque instant d'être repris par mes idées noires. Je lui ai parlé de ma dépression.

— Mais tu me jures que c'est fini ? dit-elle.

— Oui. Je crois.

— Tu dois en être sûr. Je suis là, Michel !

Elle glisse son bras sous le mien et me voilà heureux pour quelques instants. Et puis, dès que nous nous séparons, dès qu'elle s'éloigne, je retourne à mes spéculations hasardeuses. C'est plus fort que moi. C'est comme une démangeaison du cœur. Hier, elle m'a rapporté mes deux romans. Oui, elle s'est enhardie jusqu'à venir frapper à ma porte. Il était trois heures et demie, je rêvassais dans mon fauteuil, incapable de lire, comme de méditer, comme de faire n'importe quoi. Au sec, comme une de ces épaves jetées à la côte, mon butin d'autrefois. Quelle surprise !

— Je te dérange ?

— Mais non, au contraire.

Cette fois, elle n'a pas hésité. Elle est entrée, d'un vif mouvement de femme qui accepte de se compromettre.

— Ton mari ?

— Il dort.

Ses bras autour de mon cou, les miens autour de ses reins. Minute intense d'adultère. Elle se reprend la première, s'écarte de moi, s'assied sur le bras du fauteuil.

— Tu es bien, ici !

« Ici » ! Elle veut dire : chez Vilbert ! Drôle de remarque. Et pour le moins déplacée. Mais elle est coutumière de ces petites fautes de tact.

— Je m'habitue, peu à peu.

— Tu permets ?

Déjà, elle fait le tour de la pièce, d'un pas retenu mais la tête en avant, comme une chatte qui flaire. Un coup d'œil, en passant, dans la chambre, un autre dans la salle de bains.

— C'est agréable, décide-t-elle. Mais la disposition des meubles ne me plaît pas beaucoup. Ton bureau serait mieux face à la fenêtre. Tu y verrais mieux pour écrire... Car je suppose que tu écris quand même un peu, de temps en temps. Ces papiers...

Je m'en empare vivement.

— Pas touche ! dis-je en souriant. Ce sont de simples notes.

— Tu me les montreras... Je t'en prie.

— Pas question.

— Tu vas faire un roman ?

— Voilà... Je vais faire un roman... Mais cela me prendra beaucoup de temps.

— Alors, sois gentil. Aide-moi. Nous allons pousser le bureau devant la fenêtre. Je t'assure que ce sera mieux.

Elle est très excitée. Une fois le meuble déplacé, elle recule le fauteuil sous le lustre, examine la pièce d'un air critique.

— Si tu me laissais faire, dit-elle, je t'arrangerais tout ça autrement. Je veux que tu travailles. Vois-tu, Michel, je pense que tu es un peu paresseux. Travaille ! Rien que pour moi. Hein ? Pour Lucile ? Je serais tellement fière !

Et moi, c'est tout juste si je ne grogne pas de fureur. J'ai hâte qu'elle soit partie pour ramener bureau et fauteuil où ils étaient. J'ai horreur qu'on dérange mes affaires et qu'on dispose de moi. Je travaillerai si je veux. Je lui adresse, dans le couloir, un dernier sourire contraint. Et une fois seul, j'envoie promener la rose... sa rose, dans la poubelle. Ce soir, Lucile n'y coupera pas. Je me plaindrai de la tête. Je me donnerai l'air sombre pour qu'elle s'inquiète, bon Dieu, et me dorlote. Elle me doit bien ça !

J'aurais mieux fait de me taire, l'autre jour, au lieu de lui dire que je me préparais à écrire un roman. Maintenant, elle me tarabuste pour que je lève complètement le voile sur mon projet. Elle s'imagine que j'ai déjà construit une histoire et elle attend que je la lui raconte. Pour elle, un roman, c'est un travail de couturière : on part d'un modèle, on taille, on coupe, on assemble, on essaye sur un mannequin. Et elle voudrait être ce mannequin, c'est-à-dire la première personne consultée sur la valeur du texte. J'ai beau me défendre et lui expliquer que les choses ne se passent pas ainsi, elle ne me croit pas.

— Tu n'est pas gentil, dit-elle. Tu me prends pour une idiote. Moi, ce que j'en fais, c'est pour t'aider.

Alors, pour avoir la paix, j'improvise. Au fond, ce n'est pas très malin et je vois assez bien ce qui lui plaît : un gros truc à la Bernstein, des passions banales mais gonflées à bloc. D'un dîner à l'autre, j'invente un scénario mirifique. Quelquefois, suspendue à mes lèvres, elle fait signe à la serveuse d'attendre et la pauvre fille reste là, penchée entre nous, son plateau fumant sur l'avant-bras.

— Et ensuite, comment compte-t-elle s'en tirer ? demande Lucile, avidement, car elle s'est tout de suite identifiée à mon héroïne.

— Eh bien, je n'en sais trop rien encore.

— Menteur !

Je me penche un peu en arrière pour laisser officier Julie et pour me donner le temps de chercher une nouvelle péripétie. Sournoisement, je dessine à petits coups le portrait d'une femme qui songe à tuer son mari. Je feins de la consulter.

— Là, j'hésite, dis-je. Toi, qu'est-ce que tu ferais ?

Ravie, Lucile me donne son avis. Elle est persuadée que la psychologie féminine est quelque chose de si mystérieux, de si spécifique, qu'il est pratiquement impossible à un homme d'en saisir toutes les nuances. Que mon héroïne veuille supprimer son mari, cela n'a pas l'air de gêner Lucile ; à condition qu'elle ait été « offensée dans sa dignité de femme ».

Non, je n'ai pas le cœur à plaisanter. Il est vrai que le jeu m'amuse, mais je ne puis me dissimuler qu'il est méchant. Si j'aimais vraiment Lucile, est-ce que je me livrerais sur elle à une expérience aussi cauteleuse ? Et qui, en définitive, ne mène à rien, soit que Lucile me voie venir, soit qu'elle n'ait rien à se reprocher. Si elle me voyait venir, c'est-à-dire si elle se rendait compte que j'essaye de me renseigner, que je flaire la vérité sur la mort de Jonquière, cela dénoterait de sa part une finesse qui paraît lui faire complètement défaut dès qu'il s'agit de porter un jugement littéraire. Peut-on être à la fois subtil et fruste ? Et si, en effet, la psychologie féminine était plus tortueuse que je ne l'imagine ?

Quoi qu'il en soit, je souffre de découvrir une Lucile bêtement sentimentale, et je lui en veux d'être persuadée que j'ai du talent, alors que je sais mieux que personne tout ce qui me manque. Ce roman qu'elle me pousse maternellement à écrire, il n'existera jamais. Je suis trop vieux. Je suis stérile. Et c'est parfois avec rage que je lui propose quelque rebondissement bien ridicule pour qu'elle me dise... je ne sais pas, moi... « tu vas trop loin ! », ou bien « tu ne penses pas que c'est excessif », une critique, quoi... un rappel à l'ordre. Ah ! Comme je l'aimerais, si elle cessait de croire en moi.

Je ne demandais rien à personne. Je croupissais tranquillement dans mon coin. Il faut qu'on vienne me déranger, et m'obliger à bouger, comme un crapaud qu'on pousse à sauter, du bout d'une baguette. Je sais que je vais éclater, et lui dire une bonne fois : « Fous-moi la paix ! Parlons d'autre chose ! » Le mot du poète me revient en mémoire : *Je t'aime. Est-ce que cela te regarde ?* Chère Lucile ! Si du moins tu étais une criminelle cynique, on pourrait causer !

Je suis au lit. Ou plutôt je ne suis ni couché, ni debout, ni assis. Mordu au flanc, à la cuisse, au mollet par ma sciatique devenue brusquement enragée, je cherche en vain une position supportable. A peine étendu, il me semble que je me supporterais mieux dans mon fauteuil. La douleur m'en chasse aussitôt.

— Gardez la chambre, m'a dit le docteur.

C'est plutôt la chambre qui me garde. Pas de danger que je sorte. Le moindre déplacement me torture. Pendant que je claudique, du lit au bureau, je pense à Rouvre qui, de son côté, se déhale à grand-peine, d'une pièce dans l'autre. Et Lucile, entre ses deux boiteux ! J'ai pitié de nous trois. Et pourtant je ne suis pas mécontent de ce congé d'amour. Quand, à coups d'aspirine, j'ai muselé la souffrance pour un moment, quand j'ai pu trouver un peu de repos, bien calé sur des oreillers, alors je me laisse aller, enfin libéré de mes tracas ; je me sens étranger à ma propre vie.

Mon transistor m'apprend qu'au-delà des murs de ma chambre il y a des grèves, des enlèvements, des bruits de guerre. Rien de cela ne me concerne. Je suis un évadé. Ce qui compte, c'est ce silence, cette paix et tout le reste n'est que faribole. Que Vilbert soit mort comme-ci ou comme-ça, quelle importance ! Que Lucile m'aime ou ne m'aime pas, au fond, ça m'est égal. Que je ne puisse plus jamais écrire une page dont je sois satisfait, je m'en fiche. Ce qui est bon, c'est de fermer les yeux, de sentir sur la peau la fraîcheur du climatiseur. Le bien-être ! Le rien penser ! L'absence heureuse du chat lové sur son coussin, une patte cachant le museau, ce qui signifie : « Je n'y suis pour personne. » Je me suis rongé d'égoïsme actif, turbulent, hargneux, suicidaire. Et s'il y avait une autre forme d'égoïsme, replié, jouisseur, tout élan trop vif étant soigneusement étouffé ? Si enfin je m'acceptais pour ce que je suis, avec mon âge, cœur usé et sentiments à bout de souffle ? Il faudra que j'aborde ce problème avec Lucile, par le biais de cette histoire que je lui conte, chaque soir, comme une Shéhérazade de quat'sous !

Clémence :

— Eh bien, monsieur Herboise ? Ça ne va donc pas mieux ? Tout le monde me demande de vos nouvelles. Mme Rouvre est inquiète de vous. J'espère que vous n'allez pas devenir comme le président, le pauvre ! Encore, lui, il a sa femme pour le soigner. Mais je plains les vieux qui sont seuls, comme il y en a tant ici. Je ne dis pas ça pour vous, monsieur Herboise. Non. Mais tenez, prenez Mme Pastorelli. Elle va sur ses quatre-vingt-huit ans. Elle n'y voit presque plus. Elle entend tout de travers. Est-ce que c'est une vie, ça !

— Vous faites un drôle de métier, Clémence. Pour vos patients, il n'y a aucun espoir de guérison, forcément. Vous n'en avez pas assez, quelquefois ?

— Oh si ! Mais encore un an ou deux et je prends ma retraite. J'ai tellement travaillé, si vous saviez ! Et pour gagner quoi ?... Allez ! Ça n'a pas été drôle tous les jours.

Elle s'en va enfin, avec sa trousse et ses jérémiades. J'aurais beaucoup de réflexions à noter, mais je ne résiste pas plus de cinq minutes devant le bureau. Très vite, la douleur s'installe et m'oblige à changer de place. A nouveau, l'ennui me guette. Pourtant, hier, je croyais bien l'avoir vaincu.

11 heures.

Du courrier. Plus exactement, une lettre dont l'écriture m'était inconnue. Mais j'ai tout de suite compris, dès les premiers mots : *Michel chéri...* Lucile avait pris la précaution, heureusement, de poster la lettre en ville. Personne ne pouvait se douter qu'elle provenait des *Hibiscus.* Je la joins à mon dossier.

Michel chéri,

J'ai appris par Clémence que tu es terrassé par ta sciatique. Tu dois, pour renoncer à dîner avec moi, souffrir énormément. Je voudrais être près de toi, mon pauvre amour. Mais il m'est impossible de prendre le risque d'aller te retrouver, et c'est bien triste. Habiter presque côte à côte et ne pouvoir communiquer d'aucune façon, n'est-ce pas révoltant ? Il y a bien Clémence entre nous, mais, si je l'interroge sur toi trop souvent, elle ne tardera pas à se douter de quelque chose.

Et puis toutes nos conversations ont lieu en présence de Xavier. Alors, j'en suis réduite à faire toutes sortes de suppositions sur la manière dont tu te débrouilles, pour manger sur ton plateau, par exemple, pour te soigner, pour tout. Est-ce que tu reçois des visites ? Mais suis-je étourdie ! Comment pourrais-tu me répondre ? Car, je t'en prie, tu ne dois pas m'écrire. Le concierge remet à Xavier tout le courrier, même celui qui m'est destiné. Je ne vois qu'un moyen, mon chéri. Si tu as la force de marcher jusqu'à la fenêtre, pose sur le rebord le vase et la rose que je t'ai donnés. Je les verrai, du jardin, et je saurai que tu as bien reçu cette lettre et que tu penses à moi. Je me contenterai de ce signe. Ne perdons pas courage.

Tendrement à toi.
Lucile

N'oublie pas de détruire cette lettre.

Elle est bien gentille, mais elle m'embête. Je ne l'ai plus, sa rose. Et quel enfantillage ! Et même si je l'avais, après elle, ce serait le tour de quoi ? De quel objet saugrenu ? Non. Cette idée de faire bavarder ma fenêtre me semble déplacée et un peu ridicule. D'ailleurs, j'espère bien que ma crise ne durera pas très longtemps. Admettons que nous restions huit jours sans nous voir, ce ne serait pas un drame !

Seconde lettre.

Michel bien aimé,

Je suis allée plusieurs fois dans le jardin et je n'ai vu aucune fleur sur ta fenêtre. Je suis très inquiète car je suis sûre que, si tu avais pu te déplacer, tu l'aurais fait. J'en suis donc réduite à penser que tu es plus malade qu'on ne le dit. Je n'ose encore frapper à ta porte. Tu préfères certainement ne pas être dérangé quand tu souffres. Je ne vois que trop quelle est l'humeur de Xavier quand ses douleurs augmentent. Mais, mon amour, mets-toi aussi à ma place. Essaye de comprendre mon angoisse. Si tu m'aimes, essaye de trouver un moyen de me donner signe de vie. Tu es plus intelligent que moi. Je t'en prie : trouve quelque chose. Rien que pour me donner du courage. J'en ai tellement besoin ! Pour supporter mon mari ! Pour accepter cette vie absurde que je mène sans toi.

Comme j'aimerais te soigner ! Je sais frictionner, poser des ventouses ; je pourrais même faire des piqûres, à force de voir opérer Clémence. Tiens, je l'envie, elle qui a le droit de s'approcher de toi, de te parler, de te toucher. Et moi qui t'aime, je suis l'intruse, la lépreuse ! Est-ce que c'est juste ? Je veux croire que mes lettres t'apportent quelque consolation. Moi, je suis moins malheureuse quand je t'écris. Il me semble que je suis près de toi et mon cœur ronronne.

Je t'embrasse, mon amour. Je voudrais boiter avec toi.

Lucile

Bien sûr, je lui proposerais un moyen de communiquer, si je pouvais. Mais il n'y en a pas. Et, franchement, je n'en suis pas fâché. Je me sens trop rabougri sous l'effet de cette douleur stridente qui me lacère les reins dès que je bouge étourdiment, comment ne m'apercevrais-je pas que mon amour pour Lucile, cependant très sincère, est un sentiment de luxe, qui m'enrichit quand je suis à peu près bien portant, mais qui me cause du remords, comme un mauvais placement, dès que le mal me rétrécit l'âme ! Et je ne peux m'empêcher de convoquer alors autour de moi Jonquière et Vilbert. Je sais qu'ils vont me murmurer des choses abominables, mais je sais aussi que je leur prêterai une oreille complaisante. Il y a des moments où j'ai besoin d'eux contre Lucile, où nous ne sommes pas trop de trois pour lui tenir tête.

Troisième lettre. Le concierge, qui monte le courrier dans les chambres, me dit :

— Eh bien, monsieur Herboise, quand on se met à vous écrire, on ne chôme pas.

Je lui réponds :

— C'est mon petit-fils.

— Il habite dans la région ?... Je vois que le cachet de la poste indique Cannes.

— Oui. Il est de passage.

Le vieil imbécile. Il veut se montrer aimable et il ne se doute pas qu'il me met au supplice. Heureusement, il n'insiste pas. Je n'ai plus qu'à joindre cette lettre au dossier.

Michel chéri,

J'ai appris par Clémence que tu ne vas pas plus mal. Je n'ai même pas eu à l'interroger ; rassure-toi. C'est Xavier qui lui a dit : « Et notre voisin, M. Herboise. Est-ce qu'il se requinque un peu ? Je serais fâché s'il me volait le ruban bleu de l'infirmité ! »

Tu reconnais là sa façon, toujours désagréable, de plaisanter. Mais si tu vas mieux, Michel, si tu peux, comme elle le prétend, te déplacer sans trop souffrir, pourquoi ne viendrais-tu pas jusqu'à la fenêtre — disons à quatre heures aujourd'hui, pour m'envoyer, par exemple, un petit baiser qui me ferait vivre jusqu'à demain ? Fais-le, Michel. Sinon, je m'imaginerai des choses affreuses : que tu ne m'aimes plus... que je suis pour toi un fardeau... que tu m'as trouvée indiscrète, l'autre jour, quand je t'ai dit que tu étais un peu paresseux, et que tu me punis, maintenant.

Ah ! Comme je déteste Xavier qui m'empêche d'accourir auprès de toi ; qui est là, impotent et soupçonneux comme un obstacle que je ne réussirai jamais à écarter ! Je suis malheureuse. Entre ton silence et ses récriminations, je deviens folle. Aide-moi, Michel. Je t'aime et je t'embrasse.

Ta Lucile

Un baiser à la fenêtre ! Nous voici en pleine romance ! Elle est inconsciente, ma parole ! Quand elle se débarrassait de Vilbert, et de quelle manière, elle ne songeait pas à faire des mamours ! Je suis enclin à penser qu'il y a, dans ses lettres, des coquetteries d'écriture, parce qu'elle a peur, s'adressant à un écrivain, de paraître banale. Alors, elle peigne ses sentiments. Elle les fait bouffer. Mais au fond, tout au fond, qu'y a-t-il de vrai ? Simplement, qu'elle ne peut plus supporter son mari. J'ai peut-être tort, mais la douleur rend lucide. Qui sait ? Peut-être que notre amour n'est qu'un analgésique ! Pour elle, morphine contre Xavier. Pour moi, morphine contre Arlette. Cependant, demain, je ferai l'effort de descendre.

10 heures.

Elle m'écrit chaque jour, maintenant. Je commence à être gêné quand le concierge frappe à ma porte.

— Bonjour, monsieur Herboise. Ça va mieux ?... Voilà des nouvelles de votre petit-fils.

Il faudra que j'en fasse l'observation à Mlle de Saint-Mémin : le personnel est souvent trop familier. Sous prétexte que nous sommes âgés et plus ou moins malades, on nous traite comme si nous étions des enfants.

Dès qu'il est parti, je parcours la lettre. Toujours les mêmes plaintes. C'est agaçant, ces gémissements, quand ils sont poussés par quelqu'un qui peut aller et venir librement, qui ignore ce que signifie : avoir mal ! Quand j'ai perdu Arlette, j'ai souffert au point d'en tomber malade. C'est vrai. Mais j'ai refait surface. Le cœur se cicatrise plus vite qu'on ne voudrait. Tandis que ces vieux os usés ne se lasseront plus de m'avertir de leur délabrement et de leur misère par ces fulgurations de douleur qui détruisent toute envie de prononcer des douceurs. Comme je comprends Rouvre ! Est-il même jaloux ? N'est-ce pas Lucile qui, pour sauver son amour-propre, a répandu cette légende. Rouvre n'est-il pas le premier, au contraire, à lui conseiller de sortir, d'aller faire des courses, pour avoir, enfin, la possibilité de souffrir et de grogner sans témoin ?

21 heures.

J'ai dîné en bas. Je dois avouer que le sourire de gratitude de Lucile m'a payé de tous mes efforts. Mais nous n'avons pu échanger que des banalités car il y a un nouveau convive à notre table, un certain M. Marchesseau, arrivé depuis peu et à qui Mlle de Saint-Mémin a donné la place de Jonquière. Il est d'ailleurs fort agréable et remarquablement discret. Malheureusement, il mange si lentement, à cause d'un dentier rebelle, que nous en sommes au dessert alors qu'il attaque à peine sa viande. Nous sommes donc obligés de partir bien avant lui.

— Ça ne peut plus durer, murmure Lucile. Rends-toi compte ! Pendant la journée, tu es forcé de garder la chambre et, pendant le seul instant où nous pourrions être ensemble, il y a maintenant ce bonhomme qui fait autant de bruit en mangeant que s'il avait dans la bouche un piège à loup !

— Lucile ! Sois patiente ! Pourquoi se mettre en colère ? Je t'assure que je fais tout ce que je peux.

— Mais je ne t'en veux pas, mon chéri.

Elle se presse contre moi, dès que nous sommes enfermés dans l'ascenseur.

— J'en veux à la vie, reprend-elle. C'est avec toi que je voudrais être. Pas avec lui. Comment te sens-tu, ce soir ? Penses-tu que tu seras en état de sortir bientôt ? Je te rejoindrai où tu voudras, quand tu voudras.

— Et Xavier ?

— Quoi ? Xavier ? Je ne suis pas à son service. Prends sur toi, mon amour. Ne me laisse pas seule... Tu pourrais appeler un taxi ? Hein ? C'est une bonne idée. Il te conduirait sur le port, sans fatigue.

Sans fatigue ! Pauvre Lucile ! Elle ne sait pas ce qu'elle dit. Alors qu'il me coûte déjà tellement de ne pas laisser voir mon extrême lassitude.

— J'essayerai, dis-je. Mais je ne te promets rien.

— Prenons rendez-vous demain, à la *Voile bleue.* Tu veux bien ? Si tu te sens capable de t'y rendre...

Je l'interromps, avec un rien de sarcasme dans la voix.

— Je mettrai sur la fenêtre le vase que tu m'as donné. C'est entendu.

L'ascenseur s'arrête. Elle m'aide à sortir. Personne dans le couloir. Elle m'embrasse avec une espèce d'emportement.

— Michel... Je voudrais...

— Oui ? Qu'est-ce que tu voudrais ?

— Non. Rien... Je divague. Soigne-toi bien. Et peut-être à demain !

Elle me regarde m'éloigner et je m'efforce de marcher bien droit, pour ne pas saccager son espoir. C'est le seul cadeau que je puisse lui faire.

10 heures.

Rouvre vient d'être transporté à la clinique. Il s'est cassé le col du fémur.

15 heures.

Le bruit court qu'il est mort.

21 heures.

Il y a un peu d'affolement dans la maison. J'ai appris par Denise ce qui s'est passé, et je m'empresse de le noter, car c'est pour le moins curieux.

L'accident s'est produit ce matin, vers six heures. Rouvre s'est levé pour prendre un médicament. Une de ses cannes a dérapé sur le parquet ciré et il est tombé lourdement, se fracturant le col du fémur. Tout d'abord, on a cru que l'os s'était brisé au moment où Rouvre avait commencé à marcher, d'où la chute. C'est le cas le plus fréquent. Mais, quelques instants après l'accident, Lucile a découvert au pied du lit l'embout de caoutchouc qui équipe l'extrémité inférieure de toutes les béquilles. Cet embout, desséché, fendillé, s'était détaché de la canne et celle-ci, sous le poids de Rouvre, s'était brusquement dérobée, provoquant la chute fatale.

Mlle de Saint-Mémin, que j'ai rencontrée dans le couloir, m'a confirmé le récit de Denise. Elle est consternée, naturellement. Elle craint que cette série noire ne compromette gravement la réputation des *Hibiscus*. Rouvre est mort à la clinique, pendant l'opération.

Vers seize heures, prenant mon courage à deux mains, je suis descendu dans le parc et je me suis assis sur un banc d'où l'on peut surveiller l'entrée de la maison. J'espérais vaguement voir Lucile. Déception. Elle est restée à la clinique auprès de son mari, ce qui est bien normal. En revanche, j'ai dû supporter les commentaires de nombreux pensionnaires qui, ravis de trouver un interlocuteur, s'empressaient, dès qu'ils m'apercevaient, de venir me rejoindre.

Comme personne ne connaissait Rouvre, l'émotion était beaucoup moins vive que la curiosité. On savait déjà comment l'accident s'était produit —

dans notre petit monde les nouvelles circulent à la vitesse de la lumière — mais on attendait de moi des révélations intéressantes sur le président. N'étais-je pas un ami de sa femme? Je m'en défendais vivement.

— Nous dînons à la même table. C'est tout.

Venaient alors les doléances : les parquets étaient trop cirés, les salles de bains, dallées de marbre, étaient glissantes. L'accident dont le président venait d'être victime pouvait se reproduire à tout moment.

— Tous, ou presque tous, nous nous servons de cannes, me dit le général. Si on ne peut plus avoir confiance, où allons-nous? Pourtant, regardez la mienne. Je sais bien, ce n'est qu'une simple canne de compagnie, pas une béquille. Mais elle a toujours bien tenu le coup. Et la vôtre?

Je tâtai l'embout de la mienne. Je tirai dessus.

— Vous voyez, constata le général. Ça ne bouge pas. Pauvre garçon! Il n'a pas eu de chance. (Quand il plaint quelqu'un, il dit toujours : « Pauvre garçon! » Je n'arrive pas à m'y habituer.)

Je suis resté sur mon banc jusqu'à l'heure de passer à table. Les bavardages ne m'empêchent pas de penser que la mort de Rouvre va profondément modifier la nature de nos rapports, à Lucile et à moi. L'obstacle a disparu... bien opportunément, il faut l'avouer. De même que le danger représenté par Vilbert a été écarté à point nommé. De même que la menace constituée par Jonquière a été supprimée juste à temps.

Que vais-je imaginer? Mais c'est plus fort que

moi. Rouvre mort, elle va se jeter à ma tête. Voilà ce que je me répète avec un certain effroi. En effet, quelle contenance vais-je me donner ? Serai-je assez maître de moi pour ne laisser paraître aucun soupçon ? Et de quel droit aurais-je l'air de la soupçonner ?

A nouveau, la meute des doutes après moi ! Des doutes qui ne résistent pas à un instant de réflexion. J'admets simplement pour voir : elle sabote l'embout de la canne de caoutchouc de telle façon qu'il va se fendre et sortir de son logement (encore faudrait-il savoir comment elle s'y prend ?). Bon. Voilà qui est fait. Mais alors ?... Est-ce que la canne va forcément glisser ? Et si elle glisse, Rouvre n'aura-t-il pas le temps de se retenir à un meuble ? Et s'il tombe, est-ce qu'il se cassera forcément le fémur ? Et s'il se casse le fémur, est-ce qu'il en mourra à coup sûr ?... Tant d'objections valent une certitude. Non, Lucile n'est pas coupable. A moins que... A moins qu'elle n'ait tenté le tout pour le tout, persuadée qu'elle n'avait qu'une chance sur mille de gagner, mais se disant qu'une toute petite chance est encore bonne à prendre. Allons ! Pourquoi avoir peur de la vérité ? La culpabilité de Lucile m'arrangerait.

10 heures.

J'ai bien mal dormi. A sept heures, on a frappé à ma porte. Je me suis levé, le cœur encore barbouillé de mauvaise somnolence et la jambe toujours en révolte. Qui était là ? Qui s'est jetée dans mes bras ? Lucile !

— Excuse-moi, mon chéri. Mais j'ai passé une nuit épouvantable, après une journée épuisante. Je n'en peux plus. Enfin, tout est réglé. Le corps est au dépôt de la clinique. Les Pompes funèbres s'occupent de tous les détails. L'enterrement aura lieu demain matin. Et toi, comment vas-tu ?

Elle s'arrête devant l'armoire à glace.

— Je suis à faire peur.

Elle s'assied au pied du lit. Cette fois, elle est chez elle.

— Tu n'as pas bonne mine, mon pauvre lapin. Tu ne te ferais pas faire une radio ? Pour qu'on en ait, une bonne fois, le cœur net. Nous y penserons dès que j'en aurai fini. Ma sœur de Lyon va arriver. Le frère de Xavier sera là ce soir. Après l'enterrement, il faudra qu'on passe chez le notaire. Mais ce ne sera qu'une formalité, puisque c'est moi qui hérite. Ne reste pas debout. Prends le fauteuil.

Elle est volubile ; elle ne cesse de se frotter les mains, de faire craquer ses doigts. Qu'est-ce qui peut bien provoquer cette tension ? Je demande, machinalement :

— A-t-il souffert ?

— Non. Pendant l'opération, qui est longue, son cœur s'est arrêté.

— Il avait donc le cœur fatigué ?

Elle hausse les épaules.

— Tout, chez lui, était fatigué.

— Je ne m'explique pas, dis-je, comment cet embout a pu partir.

— Moi non plus. Je te le montrerai. Il a pris du jeu, à force. Je crois que c'est ça, la raison... Ah !

mon grand chéri, comme j'avais hâte de te revoir ! Tu sais, tu n'es pas obligé de venir au cimetière. Et même, j'aimerais mieux que tu ne viennes pas. Ce serait peut-être plus convenable. D'ailleurs, tu ne le pourrais pas. Ce soir, je dînerai avec ma sœur et mon beau-frère. Demain, je serai dehors toute la journée. Alors, je te dis : à après-demain. Je penserai tout le temps à toi.

Elle s'avance vers moi, s'arrête.

— Tiens, tu as remis le bureau à son ancienne place ? Mais voyons, Michel, si mon idée ne te plaisait pas, il fallait me le dire. Je ne suis pas de ces femmes qui s'imposent ! A très bientôt, mon chéri.

Baiser. Elle s'en va sans regarder si quelqu'un passe dans le couloir. Elle est libre ! Mais j'ai bien peur que sa liberté ne fasse ma servitude.

22 heures.

Je relis ces dernières lignes. Elles résument parfaitement toutes les pensées mélancoliques que je n'ai pas cessé d'agiter depuis ce matin. J'ai beau m'en défendre. Je ne peux plus longtemps éviter de voir ce qui crève les yeux. Lucile s'est tout d'abord débarrassée de celui qui pouvait révéler sur son compte des choses désagréables. Après tout, j'ignore, et j'ignorerai toujours, les circonstances exactes de son divorce. Je ne connais pas la version Jonquière. Elle est peut-être très différente de celle que m'a donnée Lucile. Et si vraiment Rouvre était tellement jaloux de sa femme, c'est qu'il avait sans doute de solides raisons pour se méfier d'elle.

Jonquière écarté, que se passe-t-il ? Elle manœuvre vers moi... De qui, en effet, sont venues les avances ? Oh, elles étaient discrètes. La preuve, c'est que je n'y ai vu que du feu. Je n'ai jamais été provoqué, mais seulement invité, avec infiniment de tact, et de telle sorte qu'elle restait libre, à tout instant, de me laisser entendre que je me méprenais, si par hasard j'avais montré quelque froideur. Mais enfin, j'ai marché. J'hésite, sur ce mot. J'ai l'air de croire que Lucile a agit avec préméditation et qu'elle m'a joué la comédie de l'amour, mais dans quel but ?...

Toujours est-il qu'elle a supprimé l'obstacle que constituait Vilbert, car si Vilbert avait eu la langue trop longue, notre idylle prenait fin aussitôt. Ensuite... eh bien, entre elle et moi, il n'y avait plus que son mari. Et maintenant il n'y a plus de mari. Tout se passe comme si, depuis le début, Lucile avait voulu mettre la main sur moi. Et je me repose la question : pourquoi ?

Alors, il m'est venu une idée, peut-être pas si bête, après tout. Supposons que dans le passé de Lucile il y ait eu quelque chose de particulièrement répréhensible... quelque chose qui remontait au temps de son mariage avec Jonquière, mais que Rouvre n'aurait découvert qu'après coup... j'ignore quoi, bien sûr... mais admettons. Rouvre, haut magistrat, était tenu d'éviter toute révélation scandaleuse, mais surveillait étroitement sa femme. Et cette femme, prisonnière de son passé, emmurée pour ainsi dire de force dans cette retraite étouffante des *Hibiscus,* tombe par hasard sur l'homme qui pourrait la salir à mes yeux. Elle n'hésite pas car elle a déjà senti en moi un allié. Peut-être même, dès le premier coup d'œil, a-t-elle deviné à quel point je suis vulnérable... Les femmes ont de ces intuitions, paraît-il. Bref, je suis sa chance. Grâce à moi, elle va pouvoir échapper à ce que j'appellerai l'opprobre qui pesait sur elle. Grâce à moi, si elle sait s'y prendre, elle pourra se refaire une vie neuve. Et peu lui importe mon âge. Et que je sois handicapé par ma jambe lui est bien égal. Si je ne me trompe pas, si je lis à peu près clair dans son jeu, elle ne tardera pas à me parler mariage. C'est là que je l'attends.

Mais quelle immense, quelle affreuse déception ! Après Arlette, Lucile ! L'échec ! Toujours l'échec !

21 heures.

Je ne suis pas allé à l'enterrement. Je n'aurais pu cacher mon trouble, mon angoisse à Lucile. Le général m'a dit que j'avais eu tort car la cérémonie avait été « très bien ». En revanche, je suis allé, non sans peine, chez un orthopédiste, près de la poste. Je lui ai demandé si l'embout de caoutchouc d'une canne-béquille risquait, à la longue, de s'user et de sauter.

— Ce n'est pas impossible, m'a-t-il répondu, mais c'est très improbable. Nos articles sont très étudiés et présentent toute garantie. Cependant, il peut arriver, bien sûr, si l'on n'est pas soigneux ou si on utilise depuis très longtemps les mêmes cannes, qu'une détérioration de l'embout se produise.

En somme, peut-être bien que oui, peut-être bien

que non. Me voilà renvoyé à mes doutes. Quoi qu'il en soit, mon bel amour est en miettes ! Et plus j'y pense, plus je me dis que, même sans les soupçons que j'ai formulés hier, ça ne pouvait pas durer. C'était trop beau. Ah, je m'ennuyais à mourir ! Eh bien, maintenant, je regrette ces jours de spleen, car je souffre comme une brute, en dépit de tous les raisonnements que j'élève contre elle, comme des parapets. J'ai hâte de la revoir, tout en redoutant de lui jeter la vérité à la figure.

10 heures.

Clémence :

— C'est une délivrance pour elle, croyez-moi. Et je vais vous dire une bonne chose, monsieur Herboise. Si j'étais elle, je ne ferais pas long feu ici. Elle est encore jeune, bien de sa personne ; elle a de bons revenus. Elle pourrait encore refaire sa vie. Voyager, profiter des années qui lui restent, quoi ! Moi, je vous assure que je ne moisirai pas toujours dans cette maison. Pour ce qu'on y est bien traité !

C'est le bon sens même, cette brave Clémence ! En effet, pourquoi Lucile resterait-elle aux *Hibiscus ?* Si elle n'avait pas des vues sur moi, elle s'empresserait de déguerpir. C'est l'évidence.

17 heures.

Elle est venue déjeuner. J'aurais dû m'y attendre. Elle portait un ensemble sombre. Très digne. Très veuve. J'ai béni notre voisin, parce que, grâce à lui, nous nous sommes contentés de propos anodins et cela m'a permis de me composer une attitude naturelle. Mais j'ai observé Lucile comme je ne l'avais jamais fait auparavant. Bien qu'en deuil, elle exhibe pour la première fois des bijoux qui tirent un peu l'œil. Superbe pierre verte à l'annulaire gauche, qui dissimule son alliance. Collier de prix. Au corsage, très beau clip. Maquillage parfait. Cheveux qui sortent des mains du coiffeur. J'ai honte d'être ce bonhomme fripé, ridé, flétri. Si je balaye tous les soupçons, toutes les arrière-pensées, toute la crasse qui me souille le cœur, un fait subsiste : je suis bien trop vieux pour elle. Je me suis laissé aller à l'aimer parce que j'étais protégé par Rouvre. Tant qu'il était là, je n'avais aucun devoir envers elle. C'était un amour de luxe. Maintenant, il en va autrement. Je me sens menacé dans mon égoïsme et j'ai beau faire : je me hérisse déjà contre les heures et les jours qui viennent.

Café au salon. Elle me parle longuement de sa sœur de Lyon, qui aurait voulu l'emmener, du moins pour quelque temps.

— J'ai refusé, dit-elle.

— A cause de moi ?

— Bien sûr. Je n'allais pas t'abandonner, mon pauvre chou.

— Ça ne t'aurait pourtant pas fait de mal.

— Il n'en est pas question.

C'est sec et définitif.

— Quand elle reviendra, ajoute Lucile, je te présenterai. Je lui ai déjà dit que tu es pour moi un excellent ami.

— Tu n'aurais pas dû.

— Pourquoi ? Ça te contrarie ?

Bien obligé de répondre non, mais, répondant non, je m'interdis ce premier pas en arrière que je serai cependant obligé de faire tôt ou tard. Je ne sais plus comment m'y prendre avec elle pour lui suggérer qu'il ne faut pas trop me demander, que je veux bien être considéré comme un ami, mais pas plus.

Je coupe court en prétextant que je dois me reposer au lit pendant deux heures. Elle m'accompagne jusqu'à la porte de mon appartement.

— Quand la chaleur sera tombée, nous pourrions nous promener un peu, dit-elle.

— Oui. Peut-être.

— Tu es sûr que tu n'as besoin de rien?... Je pourrais te masser?... Ça soulageait Xavier.

Est-elle de ces veuves qui mêlent leur défunt à toutes leurs conversations? Je me dérobe enfin. Ma solitude! Ma chère solitude retrouvée!

22 heures.

Nous sommes sortis comme elle l'avait décidé, et sans prendre de précautions. J'ai cependant insisté pour qu'elle ne s'appuie pas sur mon bras.

— Bah, a-t-elle remarqué, tu crains toujours de choquer les gens? Pas moi; plus maintenant!

Je ne sais pas de quoi nous avons parlé. Je me rappelle seulement qu'elle m'a interrogé sur Arlette, sur José.

— Drôle de famille, a-t-elle dit. Et qu'est-ce que tu ferais, si ta femme revenait?

— Il n'y a pas de danger.

— Est-ce qu'on sait!... Tu la reprendrais?

— Sûrement pas.

— Mais pourquoi n'as-tu pas divorcé ?

— J'étais trop écœuré. Et puis n'oublie pas ma dépression qui a duré plus d'un an.

— C'est égal. Ce n'est pas très prudent.

Elle n'a pas insisté. Mais je crois deviner ce qu'elle pense. Débarrassée de son mari, elle joue franc jeu. Tandis que moi, j'ai l'air de tricher, en n'ayant pas eu le courage de divorcer. Nous ne sommes pas à égalité par ma faute.

Nous nous arrêtons dans un salon de thé. Il y a là deux vieilles dames des *Hibiscus* qui reposent leurs tasses pour nous regarder. Je les salue, gêné et irrité. Quel fait divers pour la pension ! Je suis sûr que...

... J'ai été interrompu par le téléphone. Pourquoi Lucile ne me souhaiterait-elle pas bonsoir au téléphone, désormais ? Elle n'est plus surveillée et elle sait que je veille tard.

— Tu travaillais peut-être ?

— Oui. Je prenais des notes.

— Je voulais te parler de la bibliothèque.

Suit une conversation banale qui me fait perdre mon temps. La bibliothèque est restée fermée quelques jours parce que j'étais souffrant, etc., etc. Sans intérêt. J'ai complètement perdu le fil de mes réflexions et je déteste cela.

— Si je te dérange, mon chéri, tu me le dis.

— Mais non, mais non.

J'ai les mains moites d'impatience. Je raccroche et je bois une large rasade d'anis. Pas la peine de continuer. Je n'ai plus qu'à fermer ce cahier et à me mettre au lit.

20 heures

Je suis resté près de quinze jours — treize exactement — sans me décider. J'étais complètement découragé et je n'avais plus envie d'écrire un mot. Pour noter quoi ? Le flux et le reflux de mes pensées, régulier comme le mouvement de la mer. D'abord, l'irrésistible montée des certitudes ; je revoyais Jonquière, ses lunettes sur le haut du front, en train de me parler, et tout le reste, l'épisode Vilbert, l'épisode Rouvre, n'était que la suite logique de ce premier crime. Mais ensuite se produisait le renversement du courant. Si je partais de ce que je viens d'appeler l'épisode Rouvre, j'étais si peu sûr de la culpabilité de Lucile que la mort de Vilbert et même celle de Jonquière finissaient par me paraître accidentelles. Je doutais de ma mémoire. Aurais-je pu jurer devant un tribunal que Jonquière avait ses lunettes au moment de tomber dans le vide ? De deux choses l'une : ou il les avait et Lucile était coupable de trois meurtres, ou il ne les avait pas et Lucile était innocente. Mais dans ce cas, mes soupçons étaient odieux.

Je m'aperçois en relisant ces notes que je n'ai guère cessé de balancer du rôle de procureur à celui d'avocat et je ne connais rien de plus éprouvant. Vais-je oser lui demander des comptes ? Vais-je continuer à me taire ? Vingt fois par jour, je me pose ces questions, tandis que nous nous rencontrons, à la salle à manger, dans le jardin, en ville... Quelquefois, elle remarque :

— Tu es sérieux, Michel. Es-tu souffrant ?

— Non, non. Pas du tout.

Et je m'efforce de sourire. Que ferait-elle, si elle se voyait démasquée ? Mais que ferait-elle, si elle se voyait accusée à tort ? Quelle explosion, soit de rage, soit de rancune ! Je recule. Je remets à plus tard. Je me défile. Après tout, pourquoi me casser la tête. Est-ce qu'on ne peut pas laisser les choses suivre leur cours ?

Eh bien, non, justement. Parce que Lucile commence à faire des projets, pour nous deux. Parce que ma docilité lui semble acquise.

— Tu ne voudrais pas revoir Venise ? m'a-t-elle dit, avant-hier. Ce serait comme un voyage de noces !

Elle est trop avisée pour aller plus loin. Mais elle tâte le terrain. Et elle a raison. Car il ne peut plus échapper à personne que nous sommes devenus autre chose que de simples voisins qui aiment bavarder ensemble. Le mariage est au bout de notre aventure. Et même si j'essaye de gagner du temps, pour régulariser ma situation vis-à-vis d'Arlette, je ne pourrai l'éluder. Et je freine. Je m'arc-boute. Non ! A aucun prix ! Il faut que je lui parle. Je me jure de lui parler demain... si je ne suis pas trop lâche.

22 heures.

Ouf ! Ça y est ! Mais à quel prix !

Je lui ai demandé de venir me rejoindre dans

mon bureau, parce que nous avions à causer. Son visage s'est illuminé. Elle a compris que nous allions aborder la question de notre avenir. Et elle était toute souriante quand je lui ai ouvert ma porte. Je n'y suis pas allé par quatre chemins.

— J'ai beaucoup réfléchi, ma chère Lucile. Je crois que nous faisons fausse route.

Ce mot l'a atteinte comme un coup. J'ai vite enchaîné.

— J'aurai soixante-seize ans dans quelques mois. Ne penses-tu pas qu'il est trop tard ? Se remarier, à mon âge, n'est-ce pas un peu ridicule ?... Attends ! Laisse-moi continuer... Ce que tu ignores, c'est à quel point je suis maniaque. J'ai pris des habitudes de célibataire. Tiens ! Un exemple. Ce bureau, je n'ai pas pu supporter qu'il ne reste pas à sa place. Je t'en ai voulu. Et je sens que je t'en voudrais à chaque instant, si nous partagions le même espace, si je me heurtais à toi sans cesse... tu comprends ? Mon quotidien à moi, ce n'est pas le tien. Tu aimes le soleil. Pas moi. Le mouvement. Pas moi. Le bruit. Pas moi. Et l'amour n'y peut rien.

A mesure que je parlais, ses yeux se mouillaient. Elle paraissait tellement sans défense, au creux du fauteuil, que j'avais l'impression de commettre quelque chose d'ignoble.

— Je n'ai pas le droit, dis-je hypocritement, de confisquer ta vie, juste au moment où tu viens de retrouver ta liberté. Ouvre les yeux, Lucile. Moi aussi, je risque de devenir un infirme. Après avoir été la garde-malade de Xavier, tu consentirais à être la mienne ? C'est absurde.

— Je t'aime, murmura-t-elle.

— Mais moi aussi. C'est parce que je t'aime que je suis aussi brutal. La vérité, regarde-la : je suis un vieux bonhomme égoïste auprès de qui tu ne tarderais pas à être très malheureuse. Alors, soyons raisonnables.

Ce discours grandiloquent et faux me remplissait de confusion et de dégoût. Je le repris, pourtant, avec tous les arguments qui me tombaient sous la main. Je voulais que la situation fût définitivement tranchée. Mais, en même temps, j'avais l'impression d'achever un blessé. Lucile m'écoutait, les yeux baissés. J'avais redouté sa colère. Son silence me faisait mal. Je crus politique de conclure en disant :

— Naturellement, nous resterons amis.

Elle releva vivement la tête et murmura : « Amis », avec une telle expression de mépris que je me sentis plein d'animosité contre elle.

— C'est bien décidé ? dit-elle encore.

Elle tournait vers moi un visage inconnu, crayeux, crispé, où les yeux n'étaient plus que des trous sombres. Je tendis la main pour l'aider à sortir de son fauteuil. Elle la repoussa d'un air écœuré et, sans un mot, quitta la pièce.

Et maintenant, il ne me reste plus qu'à remâcher une longue amertume. Comment fallait-il donc lui parler pour conserver son estime ? C'est moi qui suis en posture d'accusé. C'est tout de même un peu fort. Et comprenne qui pourra : j'éprouve un vrai chagrin parce qu'elle est devenue soudain mon ennemie, parce qu'elle s'imagine que je l'ai repoussée, dédaignée, jugée indigne d'être ma femme, et ce n'est pas vrai et si je m'écoutais j'irai frapper à sa porte pour lui dire : « Reviens. Écoute-moi. Expliquons-nous mieux que ça. » Mais je n'en ferai rien, parce que, derrière le chagrin, la fatigue, embusquée au plus profond, il y a aussi l'apaisante certitude que je ne serai plus dérangé par personne. Je vais retrouver mes anciennes tristesses comme on retrouve ses savates et sa vieille robe de chambre. Au fond, c'est confortable, d'avoir le cœur vide.

20 heures.

Le jeu de cache-cache a commencé. Ce matin, je me suis longuement interrogé. Devais-je déjeuner en bas ou me faire servir chez moi ? Mais je n'avais aucune raison de m'effacer devant Lucile. J'ai donc repris ma place dans la salle à manger. Elle aussi. Avec aisance, et cette amabilité qui vous ignore. Silence. C'est à qui ne cédera pas le premier. Et, bien entendu, c'est moi qui craque. Je vais boire mon café au salon. Nouvelle rencontre au pied de l'escalier. Elle regarde à travers moi. Je suis l'homme invisible, l'homme qui n'existe plus. Et je suis assez bête pour me sentir humilié.

Dîner morose. Heureusement, il y a notre nouveau compagnon qui nous parle longuement de ses démêlés avec son dentiste. Je me suis littéralement enfui au dessert. Ce que je ne supporte pas, c'est, non pas la froideur, voire même la rancune, non, c'est la haine qui devient comme palpable entre nous. Est-il possible qu'en si peu de temps... Elle était donc tellement sûre de me tenir ? Des pensées auxquelles je n'aurais pas permis, hier, de se faire jour, s'imposent à moi aujourd'hui. Ces trois accidents si bien amenés ne dénotent-ils pas une habileté, une résolution monstrueuses et capables de s'exercer encore ?...

Bien sûr, j'exagère. Je me cherche, à mon tour, des raisons de lui en vouloir, pour ne pas abandonner sans combat le champ de bataille. Mais il se pourrait qu'elle m'oblige, à la longue, à quitter *Les Hisbicus,* car cette guerre froide est au-dessus de mes forces !

21 heures.

Je perds un peu la notion du temps. J'aurais dû, dès le début, noter non seulement les heures mais les jours. Je ne me rappelle plus quand j'ai écrit les dernières lignes de ce journal. D'ailleurs peu importe, car il ne s'est rien passé de bien notable. Peu à peu, nous avons appris à nous éviter. Je déjeune et je dîne près d'une heure avant elle. Inévitablement, nous nous croisons mais nous sommes devenus maîtres de nos regards. Ils ont cessé de s'attirer. Cependant, je sens sa présence avec une douloureuse intensité. Avant de sortir, je guette, je surveille les environs. Je me méfie des angles du couloir, du hall, des allées du jardin, de tous les endroits où la surprise d'une rencontre risque de me faire perdre la face. L'après-midi, quoiqu'il m'en coûte, je m'éloigne des *Hibiscus;* j'emporte un livre et je loue, à l'ombre, une chaise longue, au-dessus de la plage. Je finis par avoir mes trajets, mes haltes, à travers la ville et la foule, exactement comme un animal peureux a ses passées et ses refuges à travers bois. Naturellement, je ne mets plus les pieds à la bibliothèque. C'est Mme Geoffroy qui s'en occupe. Je ne fais jamais plus allusion à Lucile devant Françoise ou Clémence. Moyennant quoi, j'arrive à me ménager des moments de tranquillité, je veux dire des moments où je pense à elle sans animosité.

A elle et à Arlette ! A elle et à l'amour ! A elle et aux femmes, en général ! Je voudrais bien qu'on m'explique pourquoi ma vie amoureuse a été, en somme, un perpétuel ratage. Au-delà des raisons que je me suis données, toujours à mon avantage, qu'est-ce qui se cache ? Pourquoi, notamment, me suis-je si promptement détaché de Lucile ? Qu'est-ce qui m'a poussé à dresser contre elle un véritable acte d'accusation sans même essayer de l'entendre ? J'aurais dû lui dire que je la soupçonnais. J'ai préféré la déclarer coupable d'entrée de jeu. Et je me demande maintenant si ce n'était pas Arlette que je punissais à travers elle. Je ne sais pas. C'est une idée qui m'est venue et qui va tourner à l'idée fixe, tel que je me connais. N'ai-je pas aimé Lucile en me promettant de la faire souffrir ? N'est-ce pas cela que j'ai cherché ? Si elle m'a tout de suite intéressé, n'est-ce pas parce que, d'emblée, je prenais contre elle le parti de Jonquière ? Comme j'ai pris, ensuite, le parti de Vilbert et celui de Rouvre ? Le parti de l'homme-victime ? De l'homme trahi ? Tout cela sous le masque de l'amour. Pourquoi pas ? Depuis ma dépression, ne suis-je pas resté un gibier de psychiatre ? Et quel rapport souterrain peut-il y avoir entre mon projet de suicide et ce bizarre coup de cœur pour Lucile ? Je donnerais cher pour y voir clair dans mes catacombes.

21 heures.

On a touché à mes affaires. Quelqu'un s'est introduit chez moi. J'en suis à peu près sûr. On a fouillé dans le tiroir de mon bureau. On a lu mes notes. La preuve ? Les premières pages sont mélangées, le feuillet 6 avant le feuillet 4. Le feuillet 25 à la place du feuillet 22. Je suis trop amoureux de l'ordre pour être l'auteur de cette pagaille. Dans mon ancien appartement, j'avais pris la précaution de cacher mon classeur avant de partir. Ici, j'ai oublié de me méfier. Je me contente de le ranger dans le tiroir, et la clef est toujours sur la serrure. Mais, en revanche, je ferme soigneusement la porte de l'appartement. Alors ? Il a fallu qu'on utilise un passe. Facile de s'en procurer un. Ce ne sont pas les passes qui manquent, ici. Qui donc était curieux de lire mon journal ? Qui ? Eh bien Lucile, évidemment !

Elle sait que je note mes réflexions, au jour le jour. Elle a pensé qu'elle trouverait, noir sur blanc, l'histoire de nos relations et peut-être les vraies raisons qui ont amené notre rupture. Pardi ! C'est clair comme le jour. Elle a mis à profit l'une de mes longues absences. Et, pendant qu'elle y était, elle a lu tout le manuscrit. Et elle sait, maintenant, de quoi je la soupçonne. Il y a de quoi être consterné. Comment va-t-elle réagir ? Innocente ou coupable, elle doit me détester à mort. Je ne peux plus rien tenter. Le mal est fait. Je me sens nu et sans défense. Si je le pouvais, je partirais tout de suite. J'irais me cacher ailleurs. Mais attention ! Se sentant démasquée, me laisserait-elle partir ?

Pas de panique ! Elle sait bien que je ne peux rien prouver. Qui attacherait de l'importance à mon témoignage concernant les lunettes de Jonquière ? Qui accepterait de croire qu'elle a détérioré la sonnette de Vilbert ? Et saboté la béquille de son mari ? On sourirait. On penserait que je suis gâteux. Non ! Nous allons continuer à vivre côte à côte, à nous observer à la dérobée. Avant ma découverte, il n'y avait qu'un affrontement. Désormais, il s'agira d'un duel. Ses regards, quand ils croiseront les miens, diront : « Parle, si tu l'oses ! » Et les miens répondront : « Quand je voudrai, je te dénoncerai ! » Mais ce sera, de ma part, pure bravade. A la longue, j'aurai le dessous, parce qu'elle sait, maintenant, combien je suis vulnérable. Elle a tout appris de mon suicide. Elle espère peut-être que je fléchirai encore et que j'abandonnerai définitivement la partie. Et, en effet, c'est un horrible avenir qui s'ouvre devant moi !

11 heures.

Eh bien, je me suis trompé. Autant j'étais accablé avant-hier, autant je me sens ragaillardi ce matin, depuis que Clémence m'a annoncé le départ prochain de Lucile. La date n'en est pas fixée mais

Lucile lui a dit qu'elle avait l'intention de se retirer à Lyon, chez sa sœur. Le cauchemar va donc bientôt prendre fin. C'est tellement inattendu que je n'ose encore m'abandonner à la joie. Une joie qui, de toute façon, sera courte, car, une fois Lucile partie, je me retrouverai devant le même problème qu'autrefois, celui du vide, des heures croupissantes, de la stagnation et de la nausée.

Mais pour le moment je respire mieux. Je suis comme un blessé qu'on vient de retirer des débris de sa voiture écrasée. Il se dit : « Ce ne sera pas encore pour cette fois ! » Pauvre Lucile ! Loin d'elle, je me morfondais. Et maintenant j'ai hâte de la savoir loin de moi. Est-ce moi qui suis compliqué ou bien est-ce la vie qui se joue de nous ?

23 heures.

Toute la journée, l'orage a tourné autour de la ville, mais la pluie n'arrive pas à tomber. Le vent souffle très fort. Je suis resté longtemps sur mon banc, dans le parc, à remuer des pensées mélancoliques. Je n'ai pas envie de dormir. Je n'ai pas envie d'écrire. Je n'ai envie de rien. Je suis mal dans ma peau.

Je viens d'avaler une bonne dose de somnifère, dans une grande tasse de tisane. Je suis là, parfaitement inutile, comme un os rongé, abandonné par la mer sur le rivage. L'amour ne reviendra jamais plus. Moi qui ai dépecé tant d'épaves, j'attends à mon tour le démolisseur. Et soudain je m'avise que...

Le neurologue m'a dit : « Essayez d'écrire, cela vous aidera à vous retrouver. Vous êtes sauvé mais vous n'êtes pas guéri. Alors, racontez-vous. A la bonne franquette. Tout ce qui vous viendra à l'esprit. Personne ne lira ce que vous écrirez, je vous le promets. Il n'y a pas de meilleur remède. »

Alors, j'ouvre un nouveau cahier. Mais c'est bien pour lui faire plaisir, car mes pensées ne m'intéressent plus. Tout ce que je peux raconter, c'est ce qui s'est passé depuis la minute où j'ai subitement perdu connaissance. Peut-être la progression du récit me donnera-t-elle assez d'élan pour aller plus loin. J'en doute. Car je n'ai pas été ramené à la vie tout entier. Quelque chose est mort. Je ne sais pas encore bien quoi. Ils croient tous, dur comme fer, que j'ai voulu me suicider. Bon. Puisque ça leur fait plaisir ! Ce qui est mort en moi, notamment, c'est le besoin de raisonner, de protester, de rétablir la vérité. J'ai tout de suite compris que si je m'entêtais à la proclamer, cette vérité, je leur paraîtrais incurable. Et pourtant, c'est vrai. Lucile, avant de partir, a essayé de me tuer. Mais cela, je le garde pour moi. Les drogues dont ils m'ont imbibé ont détruit en moi toute combativité. Mais ma lucidité est restée intacte. Et je vais le prouver. Pas à eux. A moi !

Un fait est sûr : il y avait du poison dans ma tisane. Et pas n'importe quel poison, mais celui-là même que j'avais mis de côté pour me suicider. Si j'avais vidé le pot d'anis, je serais mort en quelques instants. Mais, engourdi par le somnifère, je n'ai bu que quelques gorgées, ce qui a quand même suffi à me terrasser. Je suis tombé et c'est Françoise qui m'a trouvé le lendemain matin. Elle a donné l'alarme. Tout le monde me croyait mort. Pratiquement plus de pouls. L'apparence d'un cadavre. On a eu beaucoup de mal, paraît-il, à me récupérer. Et, dès que j'ai été en état de parler, les questions ont commencé à s'abattre sur moi : « Pourquoi vous êtes-vous empoisonné ?... Est-ce vraiment par lassitude, comme vous l'avez écrit ?... Étiez-vous donc si malheureux ?..., etc. » Et comme je n'avais pas l'air de comprendre, on m'a mis sous le nez les trente premières pages de mon manuscrit.

— C'est bien vous qui avez écrit cela ? m'a demandé le docteur.

— Oui... Mais il y a une suite.

— Quelle suite ?

Et alors, j'ai vu clairement dans quel piège j'étais tombé. On avait volé mes notes, toutes mes notes, à l'exception des premiers feuillets où je manifestais mon dégoût de la vie et ma décision d'en finir. Tout se retournait contre moi. Le poison, dont on avait retrouvé une quantité importante dans le pot de tisane, était celui dont j'avais parlé dans ce que le médecin appelait « ma confession ». Le testament, dont j'avais rédigé, à l'époque, le projet, achevait de m'accabler. Il ne faisait plus de doute, pour personne, que j'avais voulu me tuer. Et j'étais trop faible, trop malade, pour prétendre le contraire. Je me suis tu, provisoirement. Le temps de saisir, dans tous ses détails, la machination de Lucile. Car il ne m'est plus permis d'hésiter. C'est bien elle qui a empoisonné ma tisane. Et puisqu'elle a essayé de me tuer, c'est donc bien elle qui a supprimé Jonquière, Vilbert et Rouvre. Elle avait remarqué que je tenais mon journal, ou bien je le lui avais dit, je ne m'en souviens plus. Quand notre brouille est survenue, elle a certainement deviné que je lui dissimulais les vrais motifs de ma rupture. Il lui suffisait donc de lire mes notes pour découvrir la vérité. Elle n'a eu qu'à s'introduire dans l'appartement pendant mon absence, ce qui n'était pas difficile, et à parcourir mon manuscrit. Je l'accusais de trois crimes, et d'une manière assez nette pour que, le cas échéant, une plainte fût recevable. Certes, mon texte lui prouvait bien que je n'avais nullement l'intention de lui créer des ennuis, mais enfin j'étais une menace pour elle. Et peut-être aussi n'a-t-elle pas supporté d'être méprisée. Prudence ou vengeance, ou les deux à la fois, elle a riposté avec son audace habituelle. Le soir où je me suis attardé dans le parc, elle a versé le poison dans ma tisane et dérobé mon manuscrit, à l'exception des premières pages. Il ne lui a pas fallu cinq minutes. Un cadavre ! Une « confession » ! Un testament ! On ne chercherait pas plus loin. Suicide évident.

C'était bien joué. Je n'éprouve aucune colère. Tout cela me semble si loin, maintenant. Quand je repasse tous ces événements dans ma tête, je mesure à quel point il me serait difficile d'incriminer Lucile si je voulais prouver que je ne me suis pas suicidé. Privé de mes notes, qui contiennent l'histoire, au jour le jour, de ce pauvre amour dont je garde, malgré tout, un souvenir lumineux, que puis-je faire, ou dire, pour ma défense ?

Défense est un bien grand mot. On est très gentil, au contraire. On essaye, par tous les moyens, de me remonter le moral, selon l'expression consacrée. Je suis — pour les infirmières, pour le neurologue qui m'a pris en main — « celui qui n'accepte pas de vieillir ». Alors, on me prodigue des conseils, on m'exhorte ou me dope à coups de lieux communs : « Il faut apprendre à se résigner »... « Le troisième âge peut être le moment le plus fructueux de la vie »... « Combien de gens sont plus malheureux que vous. » Ce qu'ils redoutent, tous, c'est que je ne cherche à recommencer. Le Dr Crespin m'a longuement interrogé sur mon ancienne dépression, sur mes rapports avec Arlette. Il m'a mis en garde contre une rechute. J'ai beau lui affirmer qu'elle n'est pas à craindre, il se méfie. Il a bien tort car...

Mais je suis trop fatigué. Tous les tranquillisants qui me sont administrés m'abrutissent. Je continuerai demain.

Oui, je disais hier que le docteur a bien tort car je me sens transformé. J'ai vu la mort de si près que — j'ose à peine me l'avouer — je reprends goût à la vie. Ce n'est pas une question d'appétit, d'avidité, comme si j'avais brusquement besoin de me jeter dans le plaisir. J'en suis bien loin ! Et d'ailleurs, prisonnier de cette maison de repos, de quels plaisirs pourrais-je avoir envie ? Il s'agit de tout autre chose, d'une chose beaucoup plus profonde. J'ai cessé d'avoir mal à moi. C'est bien difficile à exprimer et pourtant c'est tout simple. Mon café du matin est agréable. Le soleil, à travers les rideaux, est agréable. Le bruit de la lance d'arrosage est agréable. Ma première promenade, dans le jardin, est agréable. Comment dire cela autrement ? Je suis *accordé,* voilà ! Et c'est précisément cela qui m'a été refusé si longtemps. Les fleurs, les nuages, le chat du concierge, tout est pardon. Arlette aussi est pardon. Je ne savais pas. J'avais immensément tort. Je suis passé à côté des choses et des êtres comme un aveugle. Si je m'y étais pris autrement, avec Lucile ?... Qui dira la part de l'amour, dans sa rancune ? Ah ! Faire la paix, maintenant. Être accueil et bienveillance. Il n'y a qu'à se laisser aller au fil du temps, doucement. Ce temps qui était mon ennemi ! Et je voudrais murmurer, comme une prière franciscaine : « Mon frère, le temps. »

Le Dr Crespin a eu raison de me dire : « Essayez d'écrire. Il n'y a pas de meilleur remède. » Je vais m'y remettre.

Visite de Mlle de Saint-Mémin. Aimable, mais très froide. Congratulations, pour commencer. « Vous êtes un vrai miraculé. ., etc. » Puis, bien vite, les reproches. « Comment avez-vous pu nous faire ça ?... Vous n'étiez donc pas bien aux *Hibiscus ?...* L'effet de votre geste a été désastreux... etc. » Pas de doute ! Je suis celui par qui le scandale est arrivé. La sanction ne va pas tarder à frapper l'indésirable.

Mlle de Saint-Mémin me dit, presque à l'oreille, comme s'il s'agissait d'une obscénité.

— Mme de Valloire va nous quitter. Mme Rouvre est déjà partie. Dès que l'on a su ce que vous aviez fait, elle a bouclé ses valises. Même Clémence qui ne veut plus rester. Elle parle d'aller travailler au *Val Fleuri.* Et ce n'est pas fini, car, entre eux, ils se montent facilement la tête.

— Je suis désolé.

— Vous le pouvez !

— Je ne demande qu'à vous aider.

— Est-ce que vous comptez revenir chez nous ?

Cette fois, nous y sommes. Elle n'est venue que pour me suggérer de chercher un autre asile. Je comprends d'ailleurs facilement ses raisons.

— Je n'y tiens pas, dis-je.

Elle paraît soulagée. Peut-être s'attendait-elle à une scène pénible.

— Je ne vous chasse pas, reprend-elle. Et s'il n'y avait que moi...

Un geste qui signifie qu'elle est au-dessus de certains préjugés mais qu'elle n'est pas libre.

— Vous parliez du *Val fleuri*, dis-je. Est-ce qu'on m'y accepterait ?

— Pourquoi pas ?

Ce n'est pas sans répugnance qu'elle me verra partir pour une maison concurrente, mais l'important est que je ne remette plus les pieds aux *Hibiscus*. Pour me prouver sa bonne volonté, elle s'empresse d'ajouter :

— Désirez-vous que je fasse le nécessaire ?

Je suis trop heureux d'accepter. Oui, qu'elle fasse le nécessaire. Qu'elle me trouve, ne fût-ce qu'une simple chambre. Mais surtout que je n'aie à m'occuper de rien. Que me soient épargnés les soucis d'un déménagement, car j'ai en tête, maintenant, un projet que j'ai hâte d'exécuter, mais il faut, pour cela, que je ne sois pas dérangé, que je m'appartienne tout entier.

Ce roman, dont j'ai cherché vainement le sujet, je découvre brusquement qu'il est là, à portée de la main. Si Lucile n'avait pas emporté le plus gros de mes notes, j'en aurais déjà la substance. Car l'histoire de mon séjour aux *Hibiscus* vaut d'être racontée, à condition d'être remaniée, de prendre la forme d'un récit continu. Je n'aurai pas de peine à retrouver le fil des réflexions que je consignais chaque soir. Naturellement, tout cela devra être écrit d'une manière moins lâche et moins négligée. Mais surtout il me faudra repenser complètement la nature de mes rapports avec Lucile. Le triste roman de mes amours ratées me ferait trop de mal si je me contentais de l'écrire tel que je l'ai vécu. J'ai changé. Je n'éprouve ni haine ni désir de vengeance. Sous le couvert d'un récit de pure imagination, je pourrais régler mes comptes. Eh bien, non. J'entrevois plutôt un roman heureux, le roman de ce qui aurait pu être, si j'avais été moins égoïste et si Lucile...

Mon Dieu, je ne souhaite plus rien qu'un répit pour mener à bien cette entreprise un peu folle. Deux ans, pour raconter le bonheur que je n'ai pas eu ! Deux ans pour rêver, avant de me taire pour toujours.

ÉPILOGUE

— Je ne pouvais pas me douter, dit Clémence, qu'on allait le ressusciter.

— Qu'est-ce que c'est : ressusciter? demanda José Ignacio, qui parlait difficilement le français.

Il était long, maigre, noiraud, les joues bleues à force d'être rasées de près, et des yeux sombres, au feu liquide.

— Ressusciter, ça veut dire : ramener à la vie.

— Vous n'avez... (Il cherchait ses mots.) vous avez été... incorrecte.

— Comment, incorrecte? s'emporta Clémence. Vous n'avez donc rien compris?... Je répète. D'abord, j'ai versé le poison dans sa tisane. Et d'un. Il était dehors. Il ne s'est douté de rien. Ensuite, tous les quarts d'heure, je suis venue écouter à la porte. Et de deux. J'ai entendu le bruit de sa chute, alors vous voyez... A trois heures du matin, je suis entrée chez lui. Il ne bougeait plus. Je l'ai examiné et je vous assure qu'il était mourant. J'ai l'habitude! C'est mon métier, tout de même! J'ai retiré du tiroir les cahiers qu'il y cachait et je n'ai laissé sur la table que les feuilles où il annonçait son suicide. Et puis je suis partie... Que vouliez-vous que je fasse d'autre? Ce n'est pas ma faute s'il a tenu le coup jusqu'au matin. Ça ne s'est jamais vu, une telle

résistance. Les médecins n'en revenaient pas. Et vous avez le toupet de me dire que je suis incorrecte !

— Qu'est-ce que c'est : le toupet ? s'informa José.

— Bon ! Bon !... Et ne jetez pas vos cendres partout. Il y a un cendrier.

José y écrasa son cigarillo.

— Vous m'aviez promis, dit-il.

— Oui, je vous avais promis. Et je vous promets encore.

— Est-ce que vous savez faire, je demande ?

— Si je sais faire ! Non, ce qu'il faut entendre !... Enfin, le père Jonquière, est-ce que je l'ai raté ?... Tout le monde a cru à l'accident, grâce au coup des lunettes. Et son frère m'a payée recta, lui !... Et le vieux Vilbert, est-ce que ça n'a pas marché ?... Vous me direz que là, j'avais la partie belle. L'ulcère ! Le Pindioryl !... Mais la sonnette, hein ? La sonnette détraquée qui l'empêchait de m'appeler à l'aide !... Aurait-on fait la preuve du crime, j'étais la dernière à être soupçonnée. Mais vous ne vous rendez pas compte de la peine que je me donne. Le petit Vilbert, son fils de la main gauche, eh bien, lui, il a compris. Il a apprécié !... Si vous croyez que c'est facile de faire passer ces décès pour des accidents !... Surtout qu'il faut les espacer, ces accidents, à cause des vrais qu'on ne peut pas prévoir... Tenez, le col du fémur du président. Ah, c'est vrai, vous n'êtes pas au courant. Bon, ça ne fait rien. Mais ce que je peux vous dire, c'est que si vous aviez été moins pressé d'hériter, j'aurais peut-être pu inventer quelque chose de mieux.

— J'ai besoin d'argent, vite, dit José. Je dois retourner dans mon pays.

— Mais moi aussi, protesta Clémence. Ce n'est pas l'acompte que vous m'avez versé qui me fera une belle

jambe... belle jambe ! Non. Vous ne comprenez pas. Tant pis ! Je veux bien vous rendre service. D'accord. Tous ces pauvres vieux, qui ne servent plus à rien et qui ne pensent jamais aux jeunes, à ceux qui ont leur vie à faire, moi, ça me révolte. C'est d'une injustice ! Aussi, en aider un, par-ci, par-là, à débarrasser le plancher, je ne peux pas croire que c'est un crime. Surtout quand il est fou ! Parce que votre grand-père, entre nous... Si vous aviez lu ce qu'il écrivait ! Un malade ! Un vrai ! Mais je ne suis tout de même pas une sœur de charité. Il faut que j'y trouve mon compte, moi aussi.

— Quand pourrez-vous ?...

— Quand ? Quand ? Est-ce que je sais ? Il vient juste de s'installer au Val Fleuri. *Donnez-moi le temps de réfléchir, d'apprendre à mieux connaître la maison. Je n'y travaille que depuis huit jours. Rendez-vous compte ! Mais je peux vous rassurer. Tout le monde croit qu'il a voulu mourir. Et il le laisse croire. On ne sera donc pas surpris qu'il lui arrive quelque chose dans les deux mois qui viennent. Je vous promets qu'il récidivera...*

— Combien ? l'interrompit José, en sortant un portefeuille de son blouson.

— Comme la dernière fois.

Clémence souriait.

— Faites-moi confiance, monsieur Herboise !

DES MÊMES AUTEURS
AUX ÉDITIONS DENOËL

Celle qui n'était plus...,
dont H. G. Clouzot a tiré son film :
Les Diaboliques.
Les Louves, *porté à l'écran par Luis Saslavsky.*
D'entre les morts,
dont A. Hitchcock a tiré son film :
Sueurs Froides.
Le Mauvais Œil.
Les visages de l'ombre,
porté à l'écran par David Easy.
A cœur perdu,
dont Étienne Périer a tiré son film :
Meurtre en 45 tours.
Les Magiciennes,
porté à l'écran par Serge Friedman.
L'ingénieur aimait trop les chiffres.
Maléfices, *porté à l'écran par Henri Decoin.*
Maldonne, *porté à l'écran par Sergio Gobbi.*
Les victimes.
Le Train Bleu s'arrête treize fois
(Nouvelles).
... Et mon tout est un homme
(Prix de l'Humour Noir 1965).
La mort a dit peut-être.
La porte du large,
téléfilm de Pierre Badel.
Delirium.
Les veufs.

La vie en miettes.
Manigances *(Nouvelles)*.
Opération Primevère *(Téléfilm)*.
Frère Judas.
La tenaille.
La lèpre.
L'âge bête *(Téléfilm de Jacques Ertaud)*.
Les intouchables.

À LA LIBRAIRIE DES CHAMPS-ÉLYSÉES
Le secret d'Eunerville.
La Poudrière.
Le second visage d'Arsène Lupin.
La justice d'Arsène Lupin.
Le serment d'Arsène Lupin.

AUX PRESSES UNIVERSITAIRES
Le roman policier
(Coll. Que sais-je ?).

AUX ÉDITIONS PAYOT
Le roman policier *(épuisé)*.

AUX ÉDITIONS HATIER — G.-T. RAGEOT
Sans Atout et le cheval fantôme,
Sans Atout contre l'homme à la dague,
Les Pistolets de Sans Atout,
romans policiers pour la jeunesse.

COLLECTION FOLIO

Dernières parutions

1825.	James Eastwood	*Bas les masques.*
1826.	David Goodis	*L'allumette facile.*
1827.	Chester Himes	*Ne nous énervons pas !*
1828.	François-Marie Banier	*Balthazar, fils de famille.*
1829.	Pierre Magnan	*Le secret des Andrônes.*
1830.	Ferdinando Camon	*La maladie humaine.*
1831.	Milan Kundera	*Le livre du rire et de l'oubli.*
1832.	Honoré de Balzac	*Physiologie du mariage.*
1833.	Reiser	*La vie des bêtes.*
1834.	Jean Diwo	*Les Dames du Faubourg.*
1835.	Cesare Pavese	*Le camarade.*
1836.	David Shahar	*L'agent de Sa Majesté.*
1837.	William Irish	*L'heure blafarde.*
1838.	Horace McCoy	*Pertes et fracas.*
1839.	Donald E. Westlake	*L'assassin de papa.*
1840.	Franz Kafka	*Le Procès.*
1841.	René Barjavel	*L'Enchanteur.*
1842.	Catherine Hermary-Vieille	*L'infidèle.*
1843.	Laird Koening	*La maison au bout de la mer.*
1844.	Tom Wolfe	*L'Étoffe des héros.*
1845.	Stendhal	*Rome, Naples et Florence.*
1846.	Jean Lartéguy	*L'Or de Baal.*
1847.	Hector Bianciotti	*Sans la miséricorde du Christ.*
1848.	Leonardo Sciascia	*Todo modo.*
1849.	Raymond Chandler	*Sur un air de navaja.*
1850.	David Goodis	*Sans espoir de retour.*

1851. Dashiell Hammett — *Papier tue-mouches.*
1852. William R. Burnett — *Le petit César.*
1853. Chester Himes — *La reine des pommes.*
1854. J.-P. Manchette — *L'affaire N'Gustro.*
1855. Richard Wright — *Un enfant du pays.*
1856. Yann Queffélec — *Les noces barbares.*
1857. René Barjavel — *La peau de César.*
1858. Frédérick Tristan — *Les tribulations héroïques de Balthasar Kober.*
1859. Marc Behm — *Mortelle randonnée.*
1860. Blaise Pascal — *Les Provinciales.*
1861. Jean Tardieu — *La comédie du langage,* suivi de *La triple mort du Client.*
1862. Renée Massip — *Douce lumière.*
1863. René Fallet — *L'Angevine.*
1864. François Weyergans — *Les figurants.*
1865. Raymond Chandler — *Le grand sommeil.*
1866. Malaparte — *Le soleil est aveugle.*
1867. Muriel Spark — *La place du conducteur.*
1868. Dashiell Hammett — *Sang maudit.*
1869. Tourgueniev — *Pères et fils.*
1870. Bruno Gay-Lussac — *L'examen de minuit.*
1871. Rachid Boudjedra — *L'insolation.*
1872. Reiser — *Phantasmes.*
1873. Dashiell Hammett — *Le faucon de Malte.*
1874. Jean-Jacques Rousseau — *Discours sur les sciences et les arts. Lettre à d'Alembert.*
1875. Catherine Rihoit — *Triomphe de l'amour.*
1876. Henri Vincenot — *Les étoiles de Compostelle.*
1877. Philip Roth — *Zuckerman enchaîné.*
1879. Jim Thompson — *Deuil dans le coton.*
1880. Donald E. Westlake — *Festival de crêpe.*
1881. Arnoul Gréban — *Le Mystère de la Passion.*
1882. Jules Romains — *Mort de quelqu'un.*
1883. Emmanuel Carrère — *La moustache.*
1884. Elsa Morante — *Mensonge et sortilège, tome I.*
1885. Hans Christian Andersen — *Contes choisis.*
1886. Michel Déon — *Bagages pour Vancouver.*

1887. Horace McCoy — *Adieu la vie, adieu l'amour...*
1888. Donald E. Westlake — *Pris dans la glu.*
1889. Michel Tauriac — *Jade.*
1890. Chester Himes — *Tout pour plaire.*
1891. Daniel Boulanger — *Vessies et lanternes.*
1892. Henri Pourrat — *Contes.*
1893. Alain Page — *Tchao pantin.*
1894. Elsa Morante — *Mensonge et sortilège*, tome II.
1895. Cesare Pavese — *Le métier de vivre.*
1896. Georges Conchon — *L'amour en face.*
1897. Jim Thompson — *Le lien conjugal.*
1898. Dashiell Hammett — *L'introuvable.*
1899. Octave Mirbeau — *Le Jardin des supplices.*
1900. Cervantès — *Don Quichotte*, tome I.
1901. Cervantès — *Don Quichotte*, tome II.
1902. Driss Chraïbi — *La Civilisation, ma Mère !...*
1903. Noëlle Châtelet — *Histoires de bouches.*
1904. Romain Gary — *Les enchanteurs.*
1905. Joseph Kessel — *Les cœurs purs.*
1906. Pierre Magnan — *Les charbonniers de la mort.*
1907. Gabriel Matzneff — *La diététique de lord Byron.*
1908. Michel Tournier — *La goutte d'or.*
1909. H. G. Wells — *Le joueur de croquet.*
1910. Raymond Chandler — *Un tueur sous la pluie.*
1911. Donald E. Westlake — *Un loup chasse l'autre.*
1912. Thierry Ardisson — *Louis XX.*
1913. Guy de Maupassant — *Monsieur Parent.*
1914. Remo Forlani — *Papa est parti maman aussi.*
1915. Albert Cohen — *Ô vous, frères humains.*
1916. Zoé Oldenbourg — *Visages d'un autoportrait.*
1917. Jean Sulivan — *Joie errante.*

Impression Bussière à Saint-Amand (Cher),
le 15 février 1988.
Dépôt légal : février 1988.
1er dépôt légal dans la collection : juin 1980.
Numéro d'imprimeur : 3702.

ISBN 2-07-037212-X./Imprimé en France.
Précédemment publié aux Éditions Denoël
ISBN 2-207-22526-7